Claudia Schreiber
Ihr ständiger Begleiter

Claudia Schreiber

Ihr ständiger Begleiter

Roman

Piper
München Zürich

Alle Personen und Geschehnisse in diesem Roman sind rein fiktional. Ähnlichkeiten mit lebenden oder verstorbenen Personen, Vorgängen und Geschehnissen wären rein zufällig und sind nicht beabsichtigt.

ISBN 978-3-492-04973-3
© Piper Verlag GmbH, München 2007
Gesetzt aus der Sabon
Satz: Uwe Steffen, München
Druck und Bindung: GGP Media GmbH, Pößneck
Printed in Germany

www.piper.de

Möge der Herr dich in seiner Hand halten –
aber nie seine Faust zu fest zumachen.

Altirischer Segensspruch

Prolog

Es gab Tage, da spürte Johanna wieder die Pedale des alten Harmoniums unter ihren Füßen. Sie konnte sich gut erinnern, wie dieses Instrument damals die Luft einsog und schwerfällig einen Choral herausbekam. Else war nicht zu überhören, wie sie in der letzten Reihe stand, schief mitsang und willkürlich dazu klatschte, doch weder ihr Rhythmus noch die Töne trafen. Sie war gehörlos, aber keineswegs geräuschlos und scherte sich nicht drum.

Später wurde in aller Andacht ein Teller herumgereicht. Ein flacher, breiter musste es sein, aus Metall. So konnte jeder hören, was der andere gab. Wehe, es klimperte ein Bruder, es schepperte eine Schwester im Herrn. Johannas Vater wollte keine Münzen in der Kollekte haben: »*Scheinwerfer* sollt ihr sein, spricht der Herr.«

Jahre war das her, Johanna stand müde auf, duschte, holte die Zeitung rein. Las, während sie frühstückte. Gab zwei Küsse zum Abschied, fand die Schlüssel nicht. Jetzt spürte sie einen Druck auf den Ohren, die Hände zitterten.

Manches bleibt an einem haften wie ein Bonbonpapier, auf das man getreten ist. Was an Johanna hing, war ihr zeitlebens so schwer, als sei sie das Stück Papier und sollte den riesigen Rest abschütteln.

Sie hatte geheiratet, eine eigene Praxis eingerichtet, war Mutter geworden. Hatte jeden banalen Alltag gesucht, wenn es bloß ruhig würde in ihrem Gemüt. Hoffentlich werde ich nicht dafür bestraft, dass ich fortgegangen bin, dachte sie oft. Hoffentlich geschieht meinem Jungen nichts. Weiter, weiter: Wäsche bügeln, Marmelade kochen, arbeiten gehen, Steuer erklären oder Karten spielen.

Wie erträglich ihr doch das Gewöhnliche war.

Johanna ging Ben an diesem Morgen zur Sicherheit doch nach, auf seinem Weg zur Schule. Es war eine abschüssige Straße, von oben kam der Tankwagen, hupte laut und lang. Sie befand sich noch auf dem Bürgersteig, Ben bereits in Gefahr, mit seinen Kopfhörern auf den Ohren.

Er drehte sich um, sah seine Mutter, die ihm schon wieder nachlief. Er war bald fünfzehn, deshalb brüllte er: »Du gehst mir auf den Nerv, lass mich in Ruhe!«

Er hörte das Hupen nicht.

22 1 Da prüfte Gott Johanna und sprach zu ihr: »Johanna! Johanna!« Sie antwortete: »Hier bin ich!« 2 »Nimm deinen Sohn, den Einzigen, den du lieb hast, den Ben, gehe mit ihm über die Straße, und lass ihn unter die Räder kommen.« 3 Johanna stand früh an diesem Morgen auf und begleitete ihren Sohn zur Schule, obwohl er das sehr lästig fand und mit ihr darüber in Streit geriet. So gingen sie beide hintereinander. 4 Als sie an die Kreuzung kamen, die Gott ihr gesagt hatte, sah sie den Tankwagen kommen, sah sie ihren Sohn gehen, der Kopfhörer trug. 5 Da aber rief kein Engel Jahwes vom

Himmel her zu ihr, und niemand sprach: 6 »Nun weiß ich, dass du Gott fürchtest.« 7 Deshalb gab sie sich selbst als Schlachtopfer hin, auf dass ihr Sohn am Leben bliebe. 8 Johanna stürzte auf die Straße, warf ihren Sohn ins Leben, auf dass der Tankwagen sie selbst überrollte.

Johanna öffnete die Augen, schaute hoch, runter, zur Seite. Kein Raum. Nichts. Nur Dunkelheit. Sie hörte nichts, sah nichts, fühlte nichts, roch nichts, aber sie fragte sich: Ist er tot? Denken konnte sie gerade nur langsam, eine Antwort gab es nicht, also weiter mit einer anderen Frage: Lebe ich? Nein, das auch nicht. Gibt es etwas dazwischen? Muss ja.

Wo war sie? Womöglich lag sie in einem Krankenbett. Auf der Intensivstation der Universitätsklinik mit Monitoren, Leuchtdioden in Grün und Gelb, Warnsignale dann und wann, Medikamente im Tropf. Oder in der Kühlkammer, Stockwerke tiefer.

Sie sehnte sich danach zu erfahren, ob sie gewagt hatte, Ben zu retten. Sich für ihn zu opfern. Das war doch selbstverständlich, das steckte einer Mutter im Blut. Oder hatte sie gezögert, ihre Haut gerettet und so in Kauf genommen, dass er dabei umkam?

Ihr rechtes Bein ist gehoben, es setzt an zu einem weiten Schritt. Das andere ist gestreckt, nur ein Ballen berührt noch den Boden, der Körper nach vorn geneigt. Johannas Arme fuchteln, ihr Mund verzerrt, die Augen weit aufgerissen.

5 10 Mein Sohn ist weiß und rot, er ragt hervor aus Zehntausend! 11 Sein Haupt ist feines Gold; hell wie die Morgensonne. 12 Seine

Augen sind wie Tauben am Wasser eines Beckens. 13 Ganz und gar entzückend, das ist mein Sohn!

Johannas Augenlider wirkten schwer, ihr Mund war zugepresst, als sei jemand ihr gegenüber laut geworden. Die Frage blieb offen, es war noch nichts geschehen. Sein Leben oder das ihre.

Schleim sammelte sich in ihrem Rachen. Vielleicht hatte sie Glück und lag im Koma, dann würde sich jemand um sie kümmern. Es hatte noch keine Entscheidung gegeben, ihr Lauf war wie eingefroren. Zeit, alles noch einmal zu bedenken. Endlich Zeit, zurückzusehen.

Erstes Kapitel

Heinrich Becher marschierte in langen, schnellen Schritten am Dom vorbei und auf die Bahnhofshalle zu, zog die Glastür auf und hastete weiter, seine Tochter Johanna auf kurzen Beinen ihm nach. Die Kleine fürchtete, verloren zu gehen, fast hätte die zufallende Glastür sie voneinander getrennt. Der Vater verschwand schon zwischen fremden Mänteln und Jacken. Mit großer Mühe eilte sie hinter ihm her, griff nach seiner Hand und ließ sie nicht mehr los. Endlich ging er langsamer, blieb schließlich stehen und sagte mit fremder Stimme: »Nun, kleine Dame? Kann es sein, dass du die falsche Hand ergriffen hast?«

Erschreckt ließ Johanna los, schlüpfte zurück in die Menschenmenge, floh hindurch und heraus. Suchte den Vater und fand ihn nicht. Schließlich blieb sie verstört auf irgendeinem Bahnsteig stehen, drückte sich verloren an eine Säule und erwartete das Schlimmste, weil sie keinen Vater mehr hatte.

Eine rote Diesellokomotive fuhr ein, zog blaue und grüne Waggons hinter sich her. Die Türen öffneten sich, ein Schaffner übergab zwei bereitstehenden Polizisten einen kleinen Mann. Johanna sah genau hin: Sie hielten ihn an den Armen fest. Er sah seltsam aus, wie ein zu kurz geratener Erwachsener, in braunem

Anzug mit breiten Streifen. Auf dem Kopf trug er eine Wollmütze, bunt mit einer Bommel. Seine Haut hatte die Farbe von Vollmilch mit drei Löffeln Kakao. Die Polizisten stellten ihn zur Rede, direkt vor dem kleinen ängstlichen Mädchen.

»Sie haben keine Fahrkarte gekauft.«
»Nein.«
»Das müssen Sie aber, wenn Sie Zug fahren.«

Er schaute zu ihr herüber, lächelte und nickte ihr zu. Sein liebevoller Blick verscheuchte jede Furcht, Johanna beruhigte sich. Er wandte sich wieder den Polizisten zu.

»Ich muss nicht zahlen.«
»Wieso nicht?«
»Mir gehört der Zug.«
»Jojo, alles klar.«
»Sie gehören mir übrigens nicht. Sondern einzig sich selbst.«

Die Beamten schüttelten den Kopf, ignorierten sein Gerede, verlangten nach Papieren, notierten sich Personalien und verabschiedeten sich wieder.

Der kleine Mann sprach Johanna an: »Ist dein Papa weg?«

Sie nickte.

»Soll meine Mütze ihn suchen?«
»Kann die das?«
»Aber ja, die kann alles, meine Mütze.«

Er nahm sie vom Kopf, warf sie hoch in die Luft und fing sie wieder auf.

»Dein Vater ist auf unserm Bahnsteig, weiter vorn, bei der Lok«, meinte der kleine Mann.

»Wie kann die Mütze meinen Vater finden?«
»Sie kann alles, glaub es mir einfach.«

Er setzte sie sich wieder auf, streckte ihr die Hand hin und lud sie ein, ihm zu folgen. Johanna fasste Vertrauen, weil der Fremde so klein war und die Mütze so bunt. Sie gab ihm die Hand, er ging los und brachte sie sicher zum Vater.

»Danke«, sagte Johanna.

»Auf Wiedersehen«, antwortete er, verbeugte sich und nahm seine Mütze zum Gruß kurz ab. Dann stellte er sich einige Schritte entfernt an die Wand und behielt das Mädchen im Auge.

Johanna zupfte ihren Vater am Ärmel: »Papa, du bist einfach weitergegangen, ohne mich. An der Tür vom Bahnhof.«

Der Vater sah sie nicht an, sondern bewunderte die rote Diesellok: »Die V 200. So schön, siehst du. Vorn die Schwingung, wie elegant.«

»Ich habe Angst ohne dich.«

Endlich nahm er seine Tochter auf den Arm und tröstete sie: »Du kannst nicht verloren gehen, Gott ist bei dir. Bete dafür, dass du Gott noch mehr vertraust.«

»Und wenn ich vom Bahnsteig falle, so ganz allein?«

»Wenn es dein Weg ist, dass du vom Bahnsteig fällst, dann passiert es. Ganz egal, ob ich dabei bin oder nicht.«

Johanna schauderte und wünschte sich, so anziehend zu sein wie eine Diesellok in Rot.

»Ich will aber nicht fallen.«

»Es ist dir ja nichts passiert.«

»Wenn was passiert, passiert es einfach?«

»Ja.«

»Und Mama?«

Ihr Vater lenkte ab: »Das ist der Dompfeil, die

blauen Waggons sind erste Klasse, die grünen zweite Klasse. Wunderschön, nicht wahr?«

»Aber der liebe Gott kann doch nicht wollen, dass ich allein bin, ohne Mama. Ohne dich, auf dem Bahnhof.«

»Er hat es zugelassen«, antwortete der Vater. »Vielleicht will Er, dass du das Alleinsein übst.«

Da stellte sich der kleine Mann mit der Mütze hinter den Vater und tippte mit dem Zeigefinger an die Stirn, was Johanna zum Lächeln brachte.

Ihr Vater musste sich von der Lok losreißen. Er spazierte mit Johanna auf dem Arm am Zug entlang und schien nach jemandem Ausschau zu halten. Johanna saß wie berauscht auf dem Arm ihres Vaters, ausgelassen winkte sie von dort dem kleinen Mann, der ihnen folgte. Ihr Vater war sehr groß, Johanna schwebte über den Köpfen der Passanten dahin, als fahre sie Karussell, und hielt sich dabei an seinen dunkelblonden Locken fest. Er zog wegen seiner Kleidung die Blicke auf sich, da er grundsätzlich nur weiße Hemden und allenfalls beige Anzüge trug. Seine Muskeln trainierte er in seinem Schlafzimmer, niemand im Haus durfte ihm dabei zusehen. Die Hände pflegte er ausgiebig, ihm waren eingerissene oder gar abgekaute Fingernägel ein Gräuel. Mit seiner gepflegten Erscheinung hätte er Schauspieler oder Politiker werden können, doch ihm fehlte die Gemütsruhe, was für einen Prediger, der von Erlösung sprach, ein großer Makel war. Oft wirkte sein Entgegenkommen eingeübt, seine Gesichtszüge waren übertrieben fröhlich, und sein Händedruck geriet zu fest.

Eine ältere Dame mit weißer Haube und schwarzem Mantel stieg aus einem der Waggons. Sie zerrte einen

Lederkoffer hinter sich her, eine Gitarre hing ihr über der Schulter, und unter dem Arm trug sie eine übergroße Mappe.

Der Vater stellte seine Tochter wieder auf die Füße, die Erwachsenen begrüßten sich förmlich.

»Willkommen in Köln, Schwester Meier.«

»Guten Tag, Bruder Becher.«

Er nahm ihr den Koffer ab und eilte wieder los. Johanna erschrak, konnte ihr Vater nicht langsam durch einen Bahnhof gehen? Der kleine Mann bedeutete Johanna, schnell die Hand ihres Vaters zu ergreifen und nicht mehr loszulassen, einfach festzuhalten. Das tat sie, ließ sich mitreißen. Schaute noch einmal zurück, der mit der Mütze winkte ihr nach.

Schwester Meier mit der Haube wurde in Johannas Zimmer untergebracht, Johanna durfte so lange zu Else ins Bett, was ihr sehr gefiel. Else hieß für alle nur »unsere« Else, weil sie dem Prediger den Haushalt führte und seine drei Kinder versorgte. Unsere Else hatte der Himmel geschickt, weil sie fleißig war und lieb. Ihr Körper war mit Tausenden von Sommersprossen übersät. Ihre helle Haut war sehr empfindlich, daher trug sie zum Schutz auch im Sommer luftige Kleider mit langen Ärmeln und einen breiten Strohhut mit Schleife. Die rotblonden Haare steckte sie tagsüber zu einem Knoten am Hinterkopf zusammen, vor dem Zubettgehen flocht sie einen langen Zopf. Nur Johanna sah die Haare offen und durfte sie abends kämmen, wann immer sie wollte. Else konnte nicht vorlesen. Dafür erzählte sie ihre frei erfundenen Gute-Nacht-Geschichten in Bildern, die sie am Bettrand spontan zeichnete und die Kinder ausmalen ließ.

Markus, Lukas und Johanna waren froh mit ihr, denn der Lärm, den sie machten, konnte eine Gehörlose nicht stören; selbst Rülpsen bei Tisch war möglich, wenn der Vater nicht anwesend war. Und die Verbote, die Else aussprach, nuschelte sie absichtlich; ihre Umarmungen dagegen sprachen Bände.

Die Diakonisse hörte alles, sprach immerzu oder sang. Sie hielt die Kinderstunden am Nachmittag, und Johanna verstand immer Hornisse. Erst stand sie vor einer grünen Filztafel und heftete Pappbilder von Jesus, den Jüngern, Schafen, Hütten und Palmen an, dann kam sie mit einem neuen Lied. Erst den Text üben, dann singen. Sie sang es vor und begleitete sich dazu mit drei Akkorden auf ihrer abgenutzten Gitarre:

> *Pass auf, kleine Hand, was du tust.*
> *Pass auf, kleine Hand, was du tust.*
> *Denn der Vater in dem Himmel schaut herab*
> *auf dich.*
> *Pass auf, kleine Hand, was du tust!*

Bei *Pass auf* hatte sich jedes Kind einen Klaps auf die Hand zu geben. Johanna war eifrig dabei, sich an der richtigen Stelle selbst zu hauen. *Denn der Vater in dem Himmel ...* Alle Kinder streckten den Arm in die Höhe ... *schaut herab auf dich ...* Arm runter und mit dem Zeigefinger auf den Nachbarn weisen und das »herab« so herablassend wie möglich betonen. Dass der Vater in dem Himmel so böse herabguckte, hatte bisher keines der Kinder geahnt. Dafür schien die Hornisse mit der Haube hergekommen zu sein, die kannte sich aus.

*Pass auf, kleiner Mund, was du sagst.
Denn der Vater in dem Himmel schaut herab
auf dich.*

Bei *Mund* alle Kinder den Finger auf die Lippen. Nichts sagen ist immer noch besser, als Verbotenes zu sagen.

*Pass auf, kleines Ohr, was du hörst.
Denn der Vater in dem Himmel schaut herab
auf dich.*

Beide Finger in die Ohren stecken, besser gar nichts hören, als böse Worte reinzulassen. Leider kamen dann auch die guten Worte nicht mehr rein, aber sicher ist sicher.

*Pass auf, kleines Auge, was du siehst.
Denn der Vater in dem Himmel schaut herab
auf dich.*

Beide Augen zuhalten. Nichts anfassen, nichts hören, nichts sagen, nichts tun. Vor allem mit den Händen nicht.

Johanna war kurze Zeit unaufmerksam gewesen, sie fragte nach: »Was soll man mit den Händen nicht?«

Die Schwester flüsterte: »Die Hand immer über der Decke lassen.« Ihre Mundwinkel zuckten dazu.

Johanna verstand nicht, was war denn unter der Decke? Sie wandte sich an Markus, den Ältesten. Der musste es wissen.

»Sei still!«

Markus hatte einen hochroten Kopf.

Die Hornisse machte eine Liste, was die Kinder zu tun und zu unterlassen hatten, die Ja-Nein-Liste.

Nicht nein sagen, sondern ja, wenn es um die Sache des Herrn ging. Nicht ja sagen, sondern nein, wenn es um die Sache der Welt ging. Die Welt, das waren die anderen, die Ungläubigen, die Verlorenen. Nein zu Naschereien, nein zu teuflischer Musik und so weiter. Die Nein-Spalte war lang, die Ja-Spalte war kurz.

»Lukas, was für Musik will Gott nicht?«

»Sie meint die Rolling Stones.«

»Ach, das ist vom Teufel?«

»Ja. Der Teufel ist in der Hitparade auf Platz eins.«

Auf keinen Fall Ohrläppchen mit Löchern und Ohrringen dran, daran erkenne man eine Hure schon von Weitem. Das war der Schwester so herausgerutscht.

»Was ist eine Hure?«, fragte Johanna unwillkürlich.

Die Schwester kniff die Lippen noch fester zusammen, eine Antwort bekam Johanna nicht.

Lukas flüsterte ihr zu: »Das ist eine süße Biene.«

Jetzt verstand Johanna: Eine Hornisse mag bestimmt keine süßen Bienen, und dann noch unter einer Decke, das kann gefährlich werden.

Sechs Tage diente Schwester Meier der Gemeinde und verkündete den Kindern die Frohe Botschaft. Sie aß nicht viel, neigte ihren Kopf und störte keinen. Am Morgen des siebten Tages beobachteten Lukas und Johanna, die zusammen am offenen Fenster saßen, wie die Schwester noch vor dem Frühstück laut schreiend aus dem Haus rannte, wie von Diakonissen gestochen. Den Koffer trug sie an der Hand, die Filztafel und die Gitarre unterm Arm. Ihre blonden Haare flatterten.

»Was hat sie denn?«, fragte Johanna.

»Vielleicht hat der Kohlenhändler sie erschreckt«, meinte Lukas.

»Ist der in ihr Zimmer gegangen?«

»Nein. Der hat in Vaters Zimmer übernachtet.«

»Deshalb muss man doch nicht gleich fortlaufen?«

Johanna wunderte sich. Die beiden Kinder lehnten sich aus dem Fenster und schauten der Schwester nach, die Richtung Bahnhof davonrannte und nie wieder kam. Das war im Sommer.

Im Winter erhielt der Vater Besuch von zwei anderen Schwestern, die sogar ein Auto mit Fahrer hatten. Der brachte Bonbons für die Kinder mit, die Tüte glitzerte rot. Einen Nachmittag lang hatten die beiden mit dem Vater geredet und gebetet und zum Schluss gemeinsam einen Vers gesungen. Der Vater musste versprechen, keine Kohlenhändler mehr ins Haus zu lassen, eine Ölheizung wurde eingebaut. Danach hatte man die Hornissen aus dem Haus.

Samstags hatte der Vater nach dem Frühstück immer auswärts zu tun und blieb bis zum Abendessen fort, das war so sicher wie sein Amen nach der Predigt. Samstags buk Else Kuchen, Markus zog nachmittags die Dachluke auf und stellte die Holzleiter an. Lukas bereitete Limonade aus Zitronensaft mit viel Zucker, und Johanna brauchte gar nichts zu tun. Samstags war Dachbodenzeit in Mutterland, so nannten die Kinder den Raum unter den Ziegeln. Hier ruhten sie sich auf dem alten Sofa und den morschen Sesseln aus, über die Else Decken und Laken geworfen hatte, um die abgewetzten Stellen zu verbergen.

Johanna öffnete nur zu gern den Kleiderschrank, zog sich Mutters alte Sachen an und probierte ihre

Schuhe aus. Hier oben befanden sich nicht nur Mutters alte Bücher, sondern auch die der Großeltern. Das Haus, in dem sie jetzt wohnten, war das Elternhaus der Mutter gewesen, erbaut in den zwanziger Jahren, gelbe Fassade, geräumig mit sieben Zimmern und Garten. Es lag im Westen der Stadt und wäre normalerweise unerschwinglich für den Predigerhaushalt gewesen.

»Wie war sie?«

»Ganz lieb«, sagte Lukas nur.

»Und davor?«

»Hat sie gut gerochen.«

»Sie hat Lakritze gemocht«, sagte Johanna. »Das hab ich von ihr geerbt, die Lust auf Lakritze.«

»Wann kriegst du denn Lakritze?«, fragte Markus.

»Erzähl du lieber mal was von Mama«, bat Johanna. »Du warst doch schon groß.«

Markus sprach nie über Mama.

»Ich habe ihre Nase«, bemerkte Lukas stolz. Dann wechselte er das Thema: »Markus, Lukas und Johanna. Merkt ihr was?«

»Wieso?«, fragte Johanna.

»Na ja, einer fehlt. Wäre Johanna ein Junge, hieße sie Johannes. Markus, Lukas und Johannes, das sind drei der vier Evangelisten. Einer fehlt.«

Markus ergänzte: »Matthäus.«

»Richtig. Aber wo ist Matthäus? Man fängt doch mit dem Ersten an, aber wir haben keinen älteren Bruder, der so heißt.«

Die Fantasie ging mit den Geschwistern durch, sie spekulierten und orientierten sich natürlich an den blutrünstigen Geschichten aus der Heiligen Schrift.

Es könnte, ja, es wird einen Bruder gegeben haben, da waren sich alle drei einig, der als Erstgeborener vom Vater geopfert wurde. Weil der Vater Gott über alles liebte, deshalb wird er nicht gezögert haben.

»Wenn nicht«, stellte Lukas treffend fest und wandte sich an Markus, »bist du dran.«

Er tat, als steche er sich mit beiden Händen einen Dolch in den Bauch. Zunge raus, letzter Seufzer, noch nicht tot. Deshalb setzte er den Zeigefinger an die Schläfe und schoss sich eine Kugel durch den Kopf. Endlich tot.

Johanna war erleichtert: Sie war ein Mädchen und würde gewiss nicht geopfert werden, Lukas auch nicht, immer der Älteste. Es tat ihr sehr leid, aber Markus war dran. Falls es keinen Matthäus gegeben hat. Lukas lachte laut und lange, Markus nicht. Ihm waren die blöden Witze seines jüngeren Bruders zuwider, seine Ironie verstand er selten.

Oft verschoben die beiden Jungen ein paar lose Ziegeln und führten eine im Schrank versteckte Antenne durch das Loch in die Luft. Johanna holte das kleine Schwarzweißgerät aus der Ecke. Else erlaubte sich, Heinrich Becher dann und wann in den Rücken zu fallen. Sie war der Meinung, die Kinder sollten gewisse Freiheiten genießen. Das einzige Fernsehprogramm, das sie empfingen, war Mitte der Sechzigerjahre deutlich anderer Ansicht.

Um zwanzig nach sechs lief im Zweiten die Sendung mit dem Titel *18, 20 – nur nicht passen*. Man sah nichts weiter als drei Männer mittleren Alters, die an einem grünen Tisch saßen und Karten spielten. Einer sagte: »Pikus, der Waldspecht.« Worauf sein Nachbar antwortete: »Herzlich küsst mich meine Tante.« Johanna ließ sich bis zu den Nachrichten von Else im Arm halten und schlief dabei ein.

Jeden Sonntag, noch barfuß im kurzen Nachthemd, wuchtete Johanna alle Sessel und sogar die Couch aus dem Wohnzimmer heraus in Vaters Arbeitszimmer. Schleppte zwanzig billige Tannenholzstühle aus dem Keller in das leer geräumte Zimmer und stellte sie in Reihen auf. Wischte sie feucht ab und rieb sie trocken. Vom wöchentlichen Wechsel zwischen kaltem Keller und warmem Zimmer war das Holzfurnier der Sitzfläche mit der Zeit in feinen Splittern gebrochen und riss den Männern die Hosen und den Frauen die Strümpfe auf. Für den Vater war das eine erste stille Andacht während der Versammlungen: Wenn Jesus in der Passion so schrecklich habe leiden müssen, könne es keinem Gläubigen schaden, wenn ihm zumindest Löcher in Hose oder Strümpfe gerissen wurden.

Johannas mühseligste Arbeit war es, die Kanzel aufzubauen, die die Woche über in drei Einzelteilen zerlegt im Keller lagerte. Dazu musste sie ein langes Mittelstück auf den breiten Sockel stecken und die schräge Ablage mit eingebauter Leselampe obendrauf montieren. Am ersten Sonntag im Monat stellte sie zusätzlich einen wackligen Campingtisch fürs Abendmahl auf, den sie mit einer weißen Decke schmückte. Darauf legte sie einen silbernen Teller mit Toastscheiben und stellte einen Kelch daneben, gefüllt mit Amselfelder Rotwein.

So hatte Johanna Gottes Haus gebaut, obwohl es in Köln nicht nur viele Kirchen, sondern sogar einen prächtigen Dom gab. Doch Kirchen und Dome waren für die anderen. Johanna richtete gern eine kleine Kapelle für die eigene Gemeinde ein. Eine Glocke benötigte diese Gemeinschaft nicht – wer nicht regelmäßig zum Gottesdienst kam, wurde bald ermahnt und schließlich ausgeschlossen.

Um halb zehn traten die Auserwählten leise murmelnd ein, setzten sich andächtig auf das splittrige Holz, den Kopf gesenkt, das Gesangbuch aufgeschlagen und die Kollekte in der Hand bereit.

Der Vater hielt eine strenge Predigt. Johanna bereute alles, aber leise. Der polnische Melker dagegen bereute alles sehr laut und vor allen Leuten. Er brach jedes Mal in Tränen aus, trat vor die Gemeinde und bekannte seine Schuld der letzten Woche. Das war immer genauso interessant, wie sich in Mutterland miteinander zu unterhalten. Der Vater legte ihm die Hand auf den Kopf und segnete ihn. Danach war der polnische Melker wieder einmal gerettet und wie neu geboren. Einer musste sich so laut und sichtbar bekehren lassen, sonst war der Vater enttäuscht. Er machte Striche in sein Buch für alle Seelen, die er gerettet hatte. Je mehr Striche, desto sicherer konnte er sich sein, dass Gott ihn liebte. Der polnische Melker schenkte dem Vater viele Striche. Tatsächlich war er gar kein polnischer Melker, sondern wurde nur so genannt, weil sein Großvater Melker gewesen war.

Der Tisch in der großen Küche war gedeckt mit einfachem Geschirr und deftigem Essen. Die Koteletts knusprig braun, Salzkartoffeln und Blumenkohl dampften, der Salat lag frisch in einer riesigen Schüssel.

Fünf Menschen hatten ihre Hände zum Gebet gefaltet und vor den Tellern abgelegt. Alle waren hungrig, der Vater aber hielt die obligatorische Andacht vor dem Essen und fand kein Ende.

Johanna, die Jüngste am Tisch, blinzelte und sah das Essen kalt werden. Der Vater blinzelte auch, um zu kontrollieren, ob jemand blinzelte.

»Vergib der Sünderin am Tisch, o Herr, die nicht warten kann. Deren Bauch ihr wichtiger ist als Deine Herrlichkeit. Doch lehre sie, dass Dein Wort unser lebendiges Brot ist, Dein Heiliger Geist sei unsre Speise, denn nur Du machst uns satt in alle Ewigkeit.«

Johanna drückte gehorsam die Augen zu und betete für sich: »Vergib mir Herr, meine Schuld. Gib, dass ich mitessen darf und er mich nicht aufs Zimmer schickt.«

Der Vater betete weiter, Gott habe das Essen bereitet. Das war gelogen. Johanna wusste, dass es unsere Else gewesen war. Sie hatte die Gaben aus dem Garten geholt, gewaschen, geschält und gekocht. Gott lässt das Wachsen zu, so war das gemeint. So wie der Vater das Essen zuließ. Else wurde nicht gedankt, sie hörte ja sowieso nichts.

»Komm, Herr Jesus, sei unser Gast ...«

Es ging dem Ende entgegen. Wenn der Herr Jesus wirklich mal zu uns kommt, als Gast, wo, fragte sich Johanna, wo soll er dann sitzen?

Fünf Stühle standen um den Tisch: der Vater an der Kopfseite thronend, unsere Else ihm gegenüber, in der Nähe des Herdes. Markus an der rechten Seite, Lukas und sie selbst an der linken. Für Jesus war kein Platz. Man hätte einen Stuhl hinstellen können, neben Markus. Aber der hatte sich durch viele gute Gaben und Bescherungen dick gegessen, da war kein Platz für Jesus, obwohl der ja sehr dünn war. Hing so arm am Kreuz, dass die Rippen rausguckten.

Zwischen Wand und Büfettschrank stand ein kleiner Hocker, die einzige weitere Sitzgelegenheit in der großen Küche. Da könnte der schmale Jesus Platz finden, wenn er der Einladung des Vaters folgen sollte. Während also der Vater Andacht hielt und sich fragte, wann die Endzeit ihn endlich wegholte aus dem irdischen Jammertal, unsere Else sich mit einem Knie am andern juckte und die Brüder hungerten, wartete Johanna auf Jesus.

»… und segne, was du uns bescheret hast.«

Wie kann einer was bescheren, der sich nicht blicken lässt? Bald würde das Amen kommen, die Muskeln der Brüder spannten sich an, sie hoben ihre gefalteten Hände behutsam vom Tisch, zwischen denen sie ihre Gabel klemmten, und schwebten den Koteletts entgegen.

Johanna betete innig, dass Jesus doch bitte mal kommen möge wie zu Weihnachten, aber als Großer und Starker, nicht als hilfloses Baby in einem erbärmlichen Stall.

2 8 Und in derselben Gegend war Johanna in der Küche bei ihrer Familie. 9 Da trat ein Engel des Herrn zu ihr, und die Herrlichkeit des Herrn umstrahlte sie, und Johanna fürchtete sich nicht. 10 Der Engel sprach zu ihr: »Fürchte dich nicht. Denn siehe, ich verkünde dir eine große Freude, die nur dir zuteilwird. 11 Denn heute kommt der Herr tatsächlich. 12 Dies soll dir das Zeichen sein: Du wirst den Mann neben dem

Büfetttisch auf dem Hocker finden.« 13 Plötzlich war beim Engel eine Menge himmlischer Heerscharen, die lobten Gott.

»Halleluja! Amen.«

Die Brüder rammten ihre Gabeln in die Koteletts, zerrten die Beute auf ihre Teller; riefen, schubsten und keilten sich um Kartoffeln, Gemüse, Salat. Dann legten alle beide den linken Arm auf den Tisch um ihren Teller herum, damit keiner dem andern etwas wegnehmen konnte. Dem Vater blieb das größte Stück, da wagten sich die Brüder nicht ran, das letzte teilte sich Johanna mit unserer Else. Den Blumenkohl rührte sie nicht an.

»Ich mag das nicht. Es stinkt.«

»Kind«, predigte ihr Vater, konnte er nie damit aufhören, »der liebe Gott hat all das für dich wachsen lassen. Willst du die Gaben, die Er dir reicht, ablehnen?«

»Ich nehme gern, was der liebe Gott für mich macht, aber nicht Blumenkohl!«

Der Vater bedeutete unserer Else mit einer kurzen Handbewegung, das widerspenstige Kind zu füttern. Die Brüder unterbrachen vorsorglich ihr Essen. Else führte Johanna pflichtschuldig einen Löffel voll Blumenkohl zum Mund, die aber presste die Lippen aufeinander.

»Lasst sie doch in Ruhe«, bat Lukas.

Markus erklärte: »Ich esse meinen Teller auch immer leer.«

Else versuchte, Johanna das Gemüse in den Mund zu drücken, doch sie drehte den Kopf weg: »Es stinkt, ich will das nicht!«

Da stand der Vater empört auf, nahm den Löffel selbst in die Hand, hielt mit der andern Johannas Hinterkopf fest und quetschte dem Kind das Essen über die Zunge in den Rachen. Johanna würgte und spuckte es wieder aus. In Panik griff sie nach dem Teller und warf ihn auf den Boden. Pause. Sie hatte das nicht gewollt, es war passiert.

In diesem Haus spuckte niemand oder warf Teller, und wenn es einer tat, dann war das der Teufel in ihr. Der Vater blieb sehr still, er legte jetzt den Löffel sorgsam auf den Tisch, zurückhaltend wie ein Diener, die andere Hand hinter seinen Rücken gelegt, und würdigte seine Tochter keines Blickes. Mit bedächtigen Bewegungen setzte er sich zurück auf seinen Platz und faltete unvermittelt die Hände. Das Zeichen für die andern, wie er die Hände zu falten, den Kopf zu neigen und die Augen zu schließen. Niemand wollte jetzt den Zorn des Vaters auf sich ziehen. Dieser betete laut zu Gott, der Teufel möge aus Johanna herauskommen, und seine Tochter möge alsbald Gehorsam üben. Dem Vater und dem Blumenkohl gegenüber, amen. Dann wies er Else wortlos an, Johanna einen neuen Teller mit Blumenkohl vorzusetzen. Johanna hatte sitzen zu bleiben, bis alles aufgegessen war.

So saß sie da, bis zum Abend. Und Jesus?, fragte sie sich: Kommt er nicht, weil er auch keinen Blumenkohl mag? Zwischen Wand und Büfettschrank war Platz. Komm, Jesus! Wenn du dich traust. Und iss den Blumenkohl für mich.

Wochentags um sechs Uhr morgens wurde in der Predigerfamilie geweckt zur stillen Andacht bis halb sieben, mittags Bibellesung zum Nachtisch und Nachtgebet am Abend, dazu Gebet ohne Essen vor Ostern, Beten mit viel Essen an Weihnachten. Freitag war Bibelstunde in den Sesseln, am Donnerstagabend Chorprobe im Stehen, und bei allen Zusammenkünften fehlte eines nie: die Kollekte.

Johanna und ihre Brüder bekamen vorher vom Vater jeweils eine Münze. Die drehten sie während der Zeremonie in der Hand und malten sich heimlich aus, was man damit alles kaufen könnte. Dann und wann wurde die Münze dem nickenden Neger für die Mission zugesteckt. Das machte Spaß: Ein kleiner hölzerner Negerkopf nickte auf einer Spardose vor Dankbarkeit, wenn die Kinder ihm ihre Münze gaben. Denn er wartete schon auf die vielen Missionare, die mit diesem Geld zu ihm geschickt wurden, um ihm von Jesus zu erzählen. Wenn der nickende Neger nicht von Jesus hörte, musste er in die Hölle, wo er doch schon zu Lebzeiten in einer schäbigen Hütte wohnte. Zum Glück lebte Johanna in einem schönen Haus und hatte einen leibhaftigen Prediger als Vater, sonst hätte irgendwo auf der Welt ein kleiner schwarzer Junge seine Münze in eine Spardose gesteckt, auf der eine weiße hölzerne Johanna dankbar hätte nicken müssen.

Sonntags nach dem Mittagessen verteilten Johanna und ihre Brüder Traktate von der Frohen Botschaft an die Heiden, die schönere Kirchen hatten. Johanna war sehr neugierig, sie hätte sich das gern mal angesehen, wagte sich aber nicht hinein. Hatten die Ungläubigen auch Risse im Holz? Hatten sie Lieder und Abendmahl mit Wein und Brot, und weinte dort auch der polnische Melker?

In der Schule fragten die Lehrer: »Evangelisch oder katholisch?« Johanna war »Sonstige« und bekam eine

Freistunde. Sie war es, die dann ganz allein die Stühle in der Aula aufstellen musste, ausgerechnet. Immer Stühle, immer Johanna.

Zweites Kapitel

»Ich hätte mich gewehrt«, erwiderte Lukas seinem Vater. »Isaak hat nichts gesagt, nicht gebrüllt. Ich hätte das getan, ich wäre davongelaufen, oder ich wäre gar nicht erst mit dem Vater mitgegangen. Weil man das nicht tut, ein Kind umbringen. Das tut man einfach nicht.«

Ihr Vater hatte sich in der Sonntagsschule ausgerechnet den Text von Abraham als Lektion vorgenommen, als habe er dem Gespräch in Mutterland gelauscht. Markus sollte aus der Kinderbibel das Kapitel mit der Überschrift vorlesen: Gott über alles lieb haben.

»*Oh, wie sehr erschrak Abraham! Sein einziges Kind, das er so lieb hatte, durfte er es nicht behalten? Er konnte es fast nicht glauben, aber Gott hatte es ausdrücklich gesagt, und dann musste er gehorchen. Sollte er es tun oder nicht? Abraham war sehr traurig*«, las Markus, dem etwas mulmig war, »*denn, wenn er es tun würde, dann hätte er kein Kind mehr. Und wenn er es nicht tun würde, dann wäre Gott nicht mehr sein Freund.*«

Johanna schaute ihren Vater Mitleid erregend in die Augen und fragte: »Man kann doch zwei lieben, nicht wahr? Gott und sein Kind. Oder nicht? Das ist doch bestimmt besser als einen totmachen?«

Ausgerechnet Gott, dachte sie sich, der die Liebe erfunden hatte, wusste nicht, dass man zwei lieben konnte oder sogar drei, oder vier. Gott wollte ganz allein geliebt werden. Und wenn doch ein Rivale kam, und sei es nur ein kleiner Junge, dann weg mit ihm.

»Hättest du es getan, Vater?«, fragte Markus.

Der Vater schwieg. Das war das Allerschlimmste.

»Das heißt«, fragte er weiter, »wenn Gott etwas verlangt, und sei es noch so schlimm, muss man das tun?«

»Womöglich«, antwortete der Vater. Er wurde ganz blass und dachte nach.

»Sogar töten?«, hakte Markus nach.

»Nicht wirklich. Eher opfern«, stellte der Vater richtig. »Auf etwas sehr Liebes und Wunderbares verzichten.«

Bei seinen letzten Worten wurde er immer leiser, das Wort *verzichten* hörten die Kinder kaum noch. Aufgabe bis nächsten Sonntag war, etwas herzugeben, was einem mehr bedeutete als Gott.

»Gibst du auch was?«, fragte Lukas den Vater bekümmert und trotzig zugleich.

Dem Vater murmelte traurig: »Vielleicht sollte ich meinen freien Samstag aufgeben.«

Er brauchte den Satz gar nicht zu vollenden, wie aus einem Mund platzten alle drei Kinder gleichzeitig heraus: »Nein!«

Ihr Vater fragte: »Nein?«

Seine Kinder schüttelten die Köpfe: »Nimm was Anderes.«

Er lächelte versonnen, nickte glücklich über die Großzügigkeit seiner Kleinen und setzte seine Unterweisung fort.

Aufgabe für heute war gewesen, in einem einzigen Atemzug die Briefe des Neuen Testaments aufzusagen. Einatmen und los: »Römer, Korinther, Galater, Epheser, Philipper, Kolosser, Thessalonicher, Timotheus, Titus, Philemon, Hebräer.« Dann erst Luft holen. Markus konnte es am besten. Aber weil er als Ältester immer alles am besten konnte, bekam er keine Fleißkärtchen mehr. Er fand das ungerecht. Lukas wollte es nicht können und wurde getadelt. Johanna konnte es und bekam ihr Fleißkärtchen. Darauf war Jesus zu sehen, an seiner Hand ging ein kleines Mädchen. Diese Szene erinnerte Johanna an den Bahnhof. So muss es sein, Vater: immer fest an der Hand! Einer musste doch auf sie aufpassen.

Ihr Vater zeigte auf das Bildchen und bläute ihr ein: »Jesus geht an deiner Seite. Halt ihn fest, dann kann er auf dich aufpassen. Lässt du ihn los, ist niemand mehr da. Du bist nicht nur allein und verloren, du wirst einfach nicht mehr laufen können. Dein Fuß wird nicht gehen ohne Jesus. Hast du das verstanden? Lass ihn nie los, geh keinen Schritt allein.«

Jesus an ihrer Seite, das gefiel Johanna. Keinen Schritt ohne ihn. Na denn.

Johanna musste aufs Klo. Jesus wollte mit. Natürlich ging das nicht, also wartete er vor der Tür. Aber Gott sieht alles.

Es nützte Johanna nichts, die Tür abzuschließen, niemand konnte sich vor Ihm verbergen.

Sie hob ihren Rock, zog die Unterhose runter und setzte sich auf den Klodeckel. Saß da, wartete und konnte nicht. Schaute hoch, an die Decke, Er war da.

»Könntest Du Dich bitte mal umdrehen?«, bat Johanna.

Gott konnte alles, nur nicht weggucken. Von Weggehen gar keine Rede, wo sollte Er denn auch hingehen, Er war ja überall.

Johanna war sich sicher, Er wollte das bestimmt nicht sehen. Er wollte überhaupt vieles nicht sehen, aber Er musste. Das könnte eines Seiner Probleme sein, dass Er alles sah.

Deshalb hatte Er Jesus auf die Welt geschickt, damit endlich einer die Schuld auf sich nahm und Er wenigstens ein paar böse Bilder wieder vergessen durfte.

Johanna zuckte vor Schreck, jemand schlug kräftig an die Toilettentür: »Bist du bald fertig? Andere müssen auch!«

»Es kommt, Markus. Es kommt!«

»Du tust so, als sei das dein Klo.«

»Es ist auch dein Klo, Markus.«

»Dann lass mich rein!«, brüllte Markus.

»Wenn ich fertig bin.«

Gott hörte ihn bestimmt weiterschimpfen, Er hörte ja alles gleichzeitig, Lachen und Streit, Er hörte Stöhnen, Klagen, Weinen, alle Worte in allen Sprachen, den schwierigsten Dialekt konnte Er verstehen, sogar gestottert. Dazu das Gedachte, selbst das, was man eigentlich gerade nicht denken wollte. Sogar nach vorn in die Zukunft konnte Er hören und gucken.

Es klopfte leise, dreimal.

»Lass mich zuerst, nicht Markus. Hörst du? Wann ist es denn soweit?«, flüsterte Lukas ihr zu.

»Es kommt.«

»Lass dir ruhig Zeit, aber sag zuerst mir Bescheid, hörst du?«

»Ja, das mach ich. Es kommt fast schon.«

Aber es kam nicht.

Leise und vorsichtig drückte sich die Türklinke herunter, aber Johanna hatte ja abgeschlossen. Es klopfte sanft an die Tür. Kein Ton, keine Stimme. Pause. Dann ein Rascheln, jemand wischte mit der Handfläche über die Tür. Es nützte nicht zu rufen, dass es kam. Weil Else es nicht hörte und weil es bei Johanna noch immer nicht kam. Sie schob ein Stück Toilettenpapier durch die Tür, um Else hinzuhalten. Aber ihre Schritte entfernten sich nicht, sie blieb lange vor der Tür stehen, wartete und raschelte. Das machte es für Johanna nicht gerade einfacher.

Einen Mund hatte Er, nicht zum Essen, sondern um was zu sagen. Aber wie bei unserer Else konnte es keiner deutlich hören oder so ähnlich. Sie formte ihre Worte mit dem Mund, aber das klang nicht immer gut. Wenn Else Worte fehlten, schrieb sie es auf, und Johanna sagte es laut vor. Was Gott sagen wollte, wurde auch von andern Mündern gesagt oder vorgelesen, zum Beispiel vom Vater. Musste Gott aufpassen, was andere für Ihn sagten?

Schwere Schritte näherten sich, kein Klopfen.

»Johanna!«, dröhnte Vaters Stimme gewaltig. »Du stiftest Unfrieden in der Familie, du besetzt die Toilette, komm endlich da runter!«

»Es kommt.«

»Du bist in fünf Minuten runter, oder du versuchst es ein anderes Mal!«

»Ja, Vater.«

Er wusste alles vom Vater und Lukas und unserer Else und Markus und ihr und der Katze und jeden Mist.

Nun presste sie, so fest es ging, die Augen zu und drückte ihr Geschäft heraus. Der Bauch tat weh davon. Gott hielt sich die Nase zu. Selber schuld! Händewaschen.

Alles, was Markus lieb hatte, waren einige Glasmurmeln, die Fußballkarten, ein Rennwagenquartett, eine Zwille und sogar eine Seite aus einer Zeitschrift mit einer Frau im Badeanzug drauf. Am nächsten Sonntag vor der Sonntagsschule legte er all das auf den Tisch.

Johanna und Lukas taten so, als hätten sie die Aufgabe vergessen. Doch da so viel gegeben wurde, vermutete der Vater, jedes seiner Kinder habe etwas beigetragen. Markus bekam keinen Dank für all seine Opfer, die anderen beiden bekamen keinen Ärger.

Lukas' Liebstes konnte man gar nicht auf einen Tisch legen, er hatte es im Kopf. Es war von den anderen, die anderes hatten. Zwei Lieder aus dem Radio: *The Last Time* und *Satisfaction*. Die waren in der Luft, überall. Und Lukas mochte sie sehr.

Auch Markus hielt heimlich etwas zurück. Es war ein Dartpfeil, der ihm erst vor Kurzem in die Hände gefallen war. Ein einzelner grüner Pfeil aus Plastik, mit Stahlspitze. Markus ahnte nichts von einer dazugehörigen Scheibe, sondern hielt den Pfeil für eine Waffe. Eine Gauklertruppe war im Park gewesen und hatte auf dem Festplatz eine Vorstellung gegeben. Dort mussten sie diesen Pfeil verloren haben. Markus fand ihn im zusammengekehrten Dreck.

Ein hässliches Männlein soll dabei gewesen sein, hatten ihm die Mitschüler erzählt, mit nur einem Auge auf der Stirn! Außerdem Jongleure und Feuerspucker.

Die Erzählungen der anderen Kinder hatten das Ereignis für die Becherkinder prächtiger und magischer werden lassen, als es in Wirklichkeit war. Markus blieb davon der Pfeil, den er hüten wollte wie einen Schatz.

»Wieso?«, hatte Johanna ihren Vater gefragt. »Wieso gibt es für uns keine Feste, keine Gaukler? Ich will nicht immer fehlen, sondern mitmachen.«

Da nahm der Vater sie zärtlich auf den Schoß, hielt seinen Arm um ihre Schulter und erklärte: »Johanna, es geht um Leben oder Tod. So ernst ist die Sache, mein Kind. Am Ende der Zeit, die bald kommen wird, rettet Gott Seine Kinder, doch die Bösen werden verderben. Wer zur Kirmes geht und den Zaubereien zuschaut, beschmutzt sich. Du bist Sein Kind, du bleibst sauber und wirst also gerettet.«

»Wie rettet Er denn?«, fragte Johanna interessiert.

»Das geht so, als habe der Herr einen riesigen Staubsauger. Die Guten saugt Er hoch, die Bösen bleiben unten. Wenn zum Beispiel der Kapitän eines Flugzeugs ein frommer Mann ist, und die Entrückung geht los, dann ist er weg, im Himmel.«

»Aufgesaugt!«

»Ja. Auf diese Weise trennt Er die Menschheit, bevor die schlimmsten Schrecken kommen.«

»Und die Bösen gehen zum Fest«, begriff Johanna nun.

Der Vater nickte, und Johanna wünschte sich, mehr vom schrecklichen Ende zu hören, weil der Vater sie dabei so herrlich im Arm hielt.

Ausgerechnet auf jenem sündigen Platz, auf dem die Zauberer im Sommer noch aufgetreten waren, im Park, wo sonst die Säufer soffen und die Bienen hurten, ausgerechnet hier wurde Pastor Heinrich Becher von Gott hingestellt, Ihm zu dienen, Sein Wort zu verkünden, in der Zeltmission. Der Satan versuchte, das zu verhindern.

1 1 Es erging das Wort Gottes an Heinrich, den Sohn des Eugen Becher, also: 2 »Auf, geh und predige den Menschen, denn ihre Bosheit ist zu mir gedrungen. Erweckst du sie nicht, rufst du sie nicht zur Buße, so naht ihr Ende.« 3 Aber Heinrich machte sich auf, um vor Gott zu fliehen. Er nahm den Weg mit der Bahn Richtung Süden, fort vom Angesicht des Herrn. 4 Gott aber warf einen starken Wind, und es entstand ein gewaltiger Sturm. Eine morsche Linde entwurzelte, fiel auf die Bahngleise und zerstörte so die Oberleitungen. 5 Heinrich stieg auf freier Strecke aus, lief an der Ahr entlang und fand ein Gasthaus, wo er Herberge nahm. 6 Dort lernte er Franz kennen, der Kellner war. Den gewann er lieb. Sodann betete er zu seinem Gott, aus Franz' dunklem Zimmer, und sprach: 7 »Versunken war ich in Anfechtung und Behaglichkeit. Du hattest mich in sein Zimmer geworfen, mich zu versuchen. 8 Als meine Seele schon verloren schien, gedachte ich meines Gottes.« 9 So erging das Wort Gottes an Heinrich zum zweiten Male also: »Steh auf, stell ein Zelt auf den Festplatz. Und halte dort eine Predigt, die sich gewaschen hat.« 10 Und Heinrich machte sich auf und fuhr zurück nach Köln, wie Gott ihm aufgetragen hatte.

Heinrich Becher hatte sein Liebstes geopfert, er litt schmerzhaft unter dem Verzicht. Passender, das glaubte er fest, konnte man sich auf eine Zeltmission nicht vorbereiten. Triste Plakate kleben, betreten nicht nur geboten, sondern erste Christenpflicht. Markus, Lukas und Johanna, unsere Else und die wenigen leisen Brüder und melancholischen Schwestern der kleinen Gemeinschaft: Wir sind jetzt alle Missionare, reisen nicht in den afrikanischen Busch, um verlorene nickende Seelen zu retten, sondern werfen unsere Netze im eigenen Ort aus.

Die drei Kinder sollten von Tür zu Tür gehen und zu einer Donnerwetterpredigt ihres Vaters einladen, ausgerechnet im Winter. Das war wichtig, der Vater brauchte sie, es ging ja doch um Leben oder Tod. Wenigstens war das Zelt notdürftig beheizt, peinlich war es dennoch allen dreien: Die Schulkameraden verachteten sie dafür. Lukas jammerte, er laufe herum wie ein Idiot, seine Haare seien rasiert, die der andern wachsen bis über die Ohren. Die Rolling Stones durfte er nicht kennen, Fußball durfte er nicht spielen, weil das den heiligen Sonntag schändete. Er kenne außer *18, 20 – nur nicht passen* nichts aus dem Fernsehen, es soll seit Kurzem sogar in Farbe sein.

Pastor Becher bereitete seine Predigten vor, die er halten wollte wie Johannes der Täufer in der Wüste. Das würde das Zelt zusätzlich aufwärmen! Mit Worten wie Natterngezücht, die Spreu wird vom Weizen getrennt. Kehret um, lasset euch taufen und so weiter.

Das mit der unmittelbaren Taufe der Neubekehrten könnte schwierig werden, denn der kleine Weiher war zugefroren. Jemand würde ihn aufhacken müssen. Der

Prediger würde lange drin stehen müssen, mit Lied und Taufspruch, Segen und Untertauchen könnte das sehr kalt werden. Heinrich Becher machte sich Sorgen; er selbst würde das aushalten, aber ob frisch Bekehrte, Wankende noch, bei solch einem Wetter die Taufe begehrten, bezweifelte er. Da ist die Hölle doch deutlich wärmer. Heinrich betete deswegen für Tauwetter und eine Erweckung.

Für Johanna und ihre Brüder war der Nachmittag vor der ersten Predigt noch unbeschwert. Sie machten sich auf zum Schlittenberg, ein weiter Weg durchs Feld im tiefen Schnee, der Johanna bis zu den Hüften reichte. Jeder Schritt ein Meisterwerk, angetrieben von der Aussicht, mit dem Holzschlitten den Berg hinunterzujagen. Zwei Kilometer waren sie marschiert und endlich den Berg viele Male hoch und runter gerutscht.

Die drei Kinder hatten zwei Schlitten dabei, Johanna wollte ihren nicht mit den beiden teilen, sondern allein fahren, was ihre Brüder ärgerte. Der Schnee fiel auf ihre Wollkleidung, kleine Klumpen aus Eis und Schnee bildeten sich. Ihr Körper dampfte vor Glück, ihre Hitze ließ den Schnee auf der Kleidung zu Wasser schmelzen, der sickerte ein, und die Wolle wurde schwer.

Lukas und Markus wollten gehen, Johanna nicht.

»Es ist so schön, ich bleibe.«

Sie marschierte den Berg hoch und fuhr noch einmal. Als sie unten ankam, waren die Jungen schon aufgebrochen.

»Ihr müsst mich ziehen!«, schrie sie ihnen trotzig hinterher. »Ich kann nicht mehr laufen.«

Johanna setzte sich auf den Schlitten und wartete, dass ihre Brüder umkehrten. Aber das taten sie nicht. Sie hatten nicht einmal zu ihr zurückgeschaut.

»Ihr doofen Affen, ihr blöden Idioten, nehmt mich mit!«

Später würde der Vater kommen und sie holen, dessen war sich Johanna sicher. Sie wartete.

Vater, Brüder. Einer von ihnen würde bestimmt kommen.

Die Sonne ging unter, es wurde eisig. Der Schweiß gefror auf ihrer Haut, am Kopf, überall. An die Füße brauchte sie nicht mehr zu denken, die waren schon gegangen.

Wenn sie erfror, würden sich alle Vorwürfe machen. Hoffte Johanna, und wusste doch aus allem, was sie bis dahin von daheim gelernt hatte: Nein, das würden sie nicht tun. Denn wenn sie hier ums Leben käme, würde das nicht als Versäumnis der Angehörigen gewertet, sondern als Fügung. Das wäre Gottes Wille. Das sagten sie immer, wenn einer starb. Sie kauften Kränze, zogen schwarze Sachen an, Gottesdienst mitten in der Woche und Sonntagsessen. Alles machten sie dann, doch auf den Schlittenhügel würde niemand kommen.

Johanna legte sich hin, der Schnee hielt sie warm; erleichtert schloss sie die Augen und ruhte sich aus, endlich. Dann legte sich eine Decke über Johanna, die umhüllte sie schön. Weiße Flocken hoben sie sacht empor, aber dann doch etwas zu hoch für sie. Endlich schlug Johanna die Augen wieder auf.

»Nein«, sagte sie zu irgendwem. »So hoch will ich nicht, auch wenn es schön warm ist. Ich will lieber wieder runter.«

Die Flocken ließen ihr jemand da, bevor sie gingen. Doch der konnte sie nicht tragen, weil er vor allem aus Luft war, Flockenluft mit bunter Mütze. Er stellte sich hinter sie und formte aus dem Wind ein paar Worte.

»Johanna, dann greif jetzt nach der Schlittenschnur, und los!«

Die Schnur war zu einem Stock geworden, der Schlitten festgefroren, sie musste ihn treten und an der Schnur zerren, bis er loskam.

Johanna ging drei Schritte, der Schnee war nicht mehr weich, er hatte jetzt eine Eiskruste, die sie mit jedem Schritt brechen musste. Immer ein Bein hoch und voran stecken, wie einen Eispickel. Der Schlitten schien nach jedem Schritt neu festzufrieren. Johanna fiel um, wieder wärmte der Schnee so fein.

»Keiner wird kommen«, mahnte der Mann mit der Mütze hinter ihr. »Du musst aufstehen.«

»Wenn keiner mich vermisst, wozu dann noch dahin zurück?«

»Du musst dich um deinen Schlitten kümmern. Er kann nicht mehr, aber du kannst. Geh, rette ihn.«

Johanna raffte sich auf und ging weiter, Schritt um Schritt über den kleinen Hügel, bis sie das Haus vor sich liegen sah.

Niemand hielt nach ihr Ausschau. Nicht nur ihre Knochen schienen eingefroren zu sein, auch die Hände waren starr und der Blick erfroren.

Johanna ging ins Haus, sagte nichts, beantwortete keine Frage, hörte keine Schmährufe mehr. Sie zog die klamme Kleidung aus, war nass bis auf die Haut. Dann warf sie alles auf den Boden, wickelte ihren eiskalten Körper in eine Wolldecke und lehnte ihre leichenblassen Füße an den warmen Kachelofen.

Einer wollte, dass sie die nassen Sachen aufhängte, jetzt. Doch sie rührte sich nicht. Sie solle sich fertig machen für den Abend, für die Zeltmission, sofort. Alle waren schon angezogen, der Vater war vor seinen Erweckungspredigten immer besonders angespannt. Nun brüllte er und wirbelte im Kreis und ließ die Wände im Predigerhaus erzittern.

Johanna machte das nichts aus: »Ich werde das Kleid nicht anziehen, nicht das und auch kein anderes. Ich hasse Kleider und Röcke und den ganzen Mist. Ich will meine Hose. Ich will die einzige Hose, die ich mag, die rote aus Leder, sonst nichts.«

»Johanna!«

Nett wollte der Vater klingen, aber Gefahr lag in der Luft. Doch Johanna war eben erst gestorben und wieder auferstanden, ganz allein. Sie hatte keine Angst mehr.

»Der liebe Gott hat dich als Mädchen gewollt und gemacht. Er hat Kleider gemacht und Röcke, für dich.«

»Ich will auch keine Zöpfe und keine Schleifen im Haar, meinetwegen für sonst wen, ich will sie nicht.«

»Sein Wille geschehe! Wir wollen heute Menschen fischen.«

»Nein, ich will und ich will nicht.«

Der Vater riss sie blitzschnell aus der Decke und hielt sie im Arm. Setzte Johanna, nackt, wie sie war, auf seine Hüfte und nahm ihre rote Hose. Er öffnete die Ofentür und hielt ihre einzige rote Hose hinein, Johanna sah die Flammen. Ihr Vater schaute sie drohend an. Dann fragte er: »Wirst du das Kleid anziehen, zu Gottes Ehre? Und Frieden halten? Auf dass heute Abend viele Menschenseelen gerettet werden vor der ewigen Verdammnis?«

Sie nickte aus Angst um die Hose.
»Du wirst es gern tun, nicht wahr?«
Sie nickte.
»Ich will es hören.«
»Ja.«
»Ich will es ganz genau hören.« Er klang streng.
»Zur Ehre Gottes ein Kleid. Mit Zöpfen und Schleifen.«

Jetzt müsste das Schlimmste vorbei sein, dachte Johanna und atmete durch. Aber es war noch nicht vorbei.

»Hast du den lieben Gott lieber als deine Hose?«
»Ja, ich habe den lieben Gott lieber als meine Hose.«
»Dann brauchst du sie ja auch nicht mehr?«
»Nein, ich brauche keine Hose.«

Johannas Stimme wurde leise. Er bebte, sie konnte das fühlen. Und doch war seine Stimme sicher, irgendwie klang sie mehr nach Singen als nach Reden.

»Du schenkst Gott deine rote Hose?«
»Ja, ich schenke sie her. Er soll sie haben.«
»Halleluja!«

Johanna dachte nur, gleich ist das alles vorbei.

»Gepriesen sei der Herr!«, sagte der Vater und warf die rote Hose ins Feuer.

»Dein Wille geschehe.«

Johanna sagte kein Wort mehr, wurde von unserer Else eiligst angekleidet mit Rock und Schleife.

Hier muss ein großer Irrtum vorliegen, dachte Johanna nur, sie war falsch zugestellt worden, gehörte gar nicht hierher. Sie hatte eine andere Familie gehabt, die hatten sie gewollt. Aber jemand musste sie falsch abgegeben haben, bei Heinrich Becher, ihrem Vater. Die richtige Mutter war vor Kummer gestorben, und ihr armer Vater war durchsichtig geworden. Er passte auf sie auf, wäre sogar mit ihr Schlitten gefahren, und das mit der Hose wäre bestimmt nie geschehen.

Johanna ging an der Hand ihres falschen Vaters ins Zelt, grüßte freundlich und machte Knickse. Nahm in der ersten Reihe Platz, blätterte im Gesangbuch. Murmelte den Lobgesang mit, aber mit einem heimlichen fremden Text: »Ich werfe dich hinter meiner Hose her, brennen sollst du! Brennen wie ein Hexer, der du bist.«

Da setzte sich der Mann mit der komischen Mütze neben sie. Er war nicht mehr aus Flockenluft, sondern sah aus wie im Sommer am Bahnhof. Der Mann war sehr klein und schon recht alt. Er trug wieder den braunen Anzug mit Streifen. Er schimpfte keineswegs über ihre bösen Worte, sondern sang den Choral laut mit, das Gesangbuch auf dem Bauch abgestützt. Er nahm ihre Hand und nickte ihr zu, als der Prediger den Abschlusssegen sprach: »Gott segne dich und behüte dich, Er lasse Sein Angesicht leuchten über dir und gebe dir Frieden.«

Er hatte blaue Augen und vorn einen schiefen Zahn. Das sah sie, als Er sie anlächelte.

Eine Straßenkreuzung, es ist Morgen.
Johanna, eine schlanke, dunkelhaarige Frau Mitte vierzig, steht unbeweglich auf dem Bürgersteig, einen Fuß angehoben. Sie ist anscheinend im Begriff, die Straße zu überqueren. Doch die Welt steht still, das Bild ist eingefroren. Ein Tanklastwagen droht in diesem Moment ihren Sohn Ben zu erfassen, der schon auf der Straße ist. Ein Flugzeug steht am Himmel.
Dann, plötzlich, rührt sich Johanna. Sie stellt den Fuß ab, schaut sich um. Alles ist erstarrt: Das Gesicht des Tankwagenfahrers ist vor Schreck verzerrt, die Tür des Cafés an der Ecke steht offen. Stille.
Ein kleiner alter Mann mit blauen Augen und bunter Mütze ist das Einzige, was sich außer Johanna bewegt. Er kommt auf sie zu. Lächelt sie an, Sein schiefer Zahn wird sichtbar.

JOHANNA *anklagend* Ich wusste, dass du dahinter steckst.
Sie geht zu Ben, schaut ihn an, berührt ihn.

JOHANNA Er lebt, Gott sei Dank!

Sie muss über ihre eigenen Worte beinahe lachen, diese Floskel. Nun geht sie von Ben zum Tankwagen, es sind nur fünf kurze Schritte. Dann wendet sie sich zu dem Mann mit Mütze um.

JOHANNA Es gibt hier nichts zu diskutieren, das sag ich dir gleich. Ich gehe, nicht er.

Der Mann schweigt. Er holt eine Packung Hustenbonbons aus der Jacketttasche, schüttelt sich eins auf die Hand und wickelt es aus.

JOHANNA Bist du erkältet?

Er ignoriert ihre Frage und steckt sich das Bonbon in den Mund. Wortlos bietet Er ihr eines an, sie lehnt ab.

JOHANNA Weißt du, was ich mich immer schon gefragt habe? Wieso dieser Aufzug? Der Anzug, so klein?
ER Ja, soll ich mich als Pudel tarnen und zugelaufen kommen? Hauptsache ist doch, dass ich da bin!
JOHANNA Ja, da bist du wieder. Ausgerechnet an meiner Seite. Warum immer ich? Wahrscheinlich, weil ich eine der Letzten bin, die dich überhaupt kennen.
ER Ich bin da, wenn man mich ruft, ich kann warten auf diesen Augenblick. Und sie rufen alle irgendwann.
JOHANNA Das klingt wie eine Drohung. Außer Spinnern wie mir kennt dich doch kein Mensch. Wenn du mit einem Koffer voller Geld an der Haustür klingelst, dankt man der Lottogesellschaft. Mit dir rechnet keiner mehr.
ER Da täuschst du dich!

JOHANNA Wer will dich denn noch?

ER *etwas verbittert* Soll ich dir sagen, wann sie mich wollen? Wenn der Druck in der Kabine abnimmt, wenn die Sauerstoffmasken herabfallen, wenn der Sinkflug beginnt, dann rufen sie alle. Dann gibt es Bekenntnisse, Liebeserklärungen und so viele Schwüre, dass ich drin ersaufen könnte.

JOHANNA *gereizt* Du wartest doch nur auf diesen Moment. Nein, viel schlimmer! DU machst den Schrecken, DU brauchst die Not. Sonst kannst du nicht existieren! Schau dich um, wo bin ich hier? Mitten im Schrecken. Und wer taucht auf? Du!

ER Man kennt mich auch im Glück – Hochzeit, Taufe.

JOHANNA Da bist du nur der gediegene Auftakt zu einem feinen Fest. Du bist ein Grund, sich ordentlich anzuziehen.

ER Immerhin. Ich mag gepflegte Kleidung.

Er schaut sich um, an der Straßenkreuzung liegen eine ganze Reihe Geschäfte, in einem werden Campingartikel angeboten. Er geht hinein, kommt mit zwei Klappstühlen zurück und stellt sie unter einem hübschen Baum am Straßenrand auf.

ER Du hast mich nicht vergessen. Setz dich!

Er setzt sich auf einen der Stühle, Johanna bleibt stehen.

JOHANNA Nein, ich hab dich nicht vergessen, ich kann es leider nicht. Aber wenn ich an dich denke, fühle ich mich verdammt schlecht.

ER Es gab eine Zeit, da haben wir uns geliebt.
JOHANNA Ja, das stimmt. Also, was willst du hier?
ER Gehen wir diese ganze Sache noch mal durch. Wenn wir schon beieinander sind.
JOHANNA Du machst mich verrückt!
ER Deshalb bin ich hier. Mich macht es auch verrückt.
JOHANNA Wozu also?
ER Rücken wir es gerade.

Johanna setzt sich widerwillig auf den zweiten Stuhl, verschränkt trotzig ihre Arme vor der Brust. Er klopft Seinen Anzug ab, holt die Bonbons wieder heraus und bietet ihr eines an. Johanna schüttelt den Kopf, streckt aber ihre Hand aus, ohne Ihn anzusehen. Er legt ein Bonbon auf ihre Handfläche, sie wickelt es aus und steckt es sich in den Mund.

Drittes Kapitel

Am Nachmittag schlich sich Johanna davon. Sie fand Rob inmitten einer Horde junger Männer, die sich das Spiel ansehen wollten. Ausgerechnet zum Endspiel mussten die Holländer in einer deutschen Jugendherberge Ferien machen, kein Oranje weit und breit. Sollte sie sich durch die Jungs drängen, direkt zu ihm hin? Das wagte Johanna nicht, unschlüssig blieb sie in der Tür stehen.

Bis letzte Woche noch wäre sie in den Himmel gekommen, von Engeln sanft getragen. Aber seit sie Rob kannte, gehörte sie der Hölle. Das war ihr gerade recht, weil Rob auch da war, in der Hölle. Und sie wollte sein, wo er war. Rob hatte Augen wie der Himmel, und er hatte sie geküsst. Alle in ihrer Klasse küssten sich, sie rauchten auch und tanzten, sie trugen Ohrringe und Jeans. Bis letzte Woche waren Johanna alle Sünden vergeben worden, dabei hatte sie ja bis dahin nicht mal richtig gesündigt. Aber jetzt tat sie es. Sie war in die Welt geraten; sie tat, was die anderen taten. Wenn sie Robs Küsse bereuen könnte, würde Er ihr vergeben. Aber sie bereute nichts, sie wollte noch viel mehr, deshalb war sie hergekommen.

Vor ein paar Tagen war Johanna ins Kaufhaus gegangen, auf die andere Seite des Flusses. Hatte eine Jeans und eine weiße indische Bluse mit rundem Ausschnitt gekauft. Das Geld dafür hatte ihr der nickende Neger geliehen. Wenn das ihr Vater erführe, würde er sie umbringen. Jeans und Bluse hatte sie anbehalten und ihre alten Sachen in die Tüte gesteckt. Dann war sie zu Rob durch die Straßen geschlichen, immer in Angst, einer aus der Gemeinde würde sie so sehen.

Er wartete, wie verabredet, an der Kreuzung, wollte seinen Arm um sie legen, doch sie zuckte zusammen. Sie durfte das nicht erlauben! Andererseits sollte er auch nicht denken, sie wolle das nicht. Rob wusste nichts von ihrem Leben. Johanna wand sich heraus und verschwand mit ihm in einer Kneipe, drückte sich dort in die hinterste Ecke. Da endlich fassten sie sich an und küssten sich. Zwei Stunden lang saßen sie vor einem schmelzenden Eis und küssten sich wieder. Bis sie gehen musste, das Abendgebet würde bald beginnen.

»Bleib doch noch!«, bat er. Wie sollte sie Rob erklären, dass das nicht ging? Konnte man beim Abendgebet fehlen? Johanna hatte bis dahin nicht einmal diese Frage gekannt.

Auf dem Rückweg floh sie ins Bahnhofsklo und zog die alten Sachen drüber, weil sie doch nicht mit einer Tüte nach Hause kommen konnte. Und daheim putzte Johanna ihre Zähne, falls man die Küsse roch.

»Bist du krank? Hast du Fieber?«, hatte der Vater sie gefragt. Und sie so angesehen, als sähe er alles.

Fünfzig Gläubige streckten die Hände zum Himmel und sangen vom Glück, in den Himmel zu kommen. Der Vater predigte nun von der Kanzel auf sie los: »Wir alle sind ein Gefäß, ein Brunnen, der das Wasser des Lebens hat für diese Stadt – ja, für die ganze Welt. Wenn nur einer sündigt, verseucht er das Wasser des ganzen Brunnens.«

Alle Gemeindemitglieder stöhnten auf vor Kummer, nur ein einziger Sünder, und alles Beten und Missionieren war umsonst.

»Aber Gott bietet Heilung an. Bekenne deine Sünde vor der Gemeinde, so werden wir alle gesund. Steh auf, bereue!«

Da vorn mahnte der Vater, als spreche er mit Johanna persönlich. Sie betete leise und verzweifelt vor sich hin: Ich bereue meine Sünden, ja. Aber leise.

»Nein, steh auf und bereue laut, auf dass deine Brüder und Schwestern diese schwere Last gemeinsam vor Gott bringen. Sie ist zu schwer für dich allein.«

Aber wenn ich das jetzt sage, kann ich nicht mehr hin zu Rob, ich sehe ihn nie wieder.

»Wenn nur einer den Brunnen vergiftet!«

Ich vergifte mich selbst und die andern nicht. Irgend so was, es muss eine Lösung geben, irgendwie.

Da stand der polnische Melker auf und weinte.

Gott sei gelobt!

Stellte sich vor alle andern, weinte und weinte, schlug seine großen Melkerhände über seinem Kopf zusammen und sprach endlich: »Ich bitte euch, meine Brüder und Schwestern, für mich zu beten. Ich bin es, der den Brunnen vergiftet, noch und noch.«

Alle rollten mit den Augen, der Bursche tat das seit Jahren.

Danke, lieber polnischer Melkerbruder, du bist so wunderbar!

»Ich werde für und für angegriffen vom Teufel, der mich ertränken will. In Rotwein diesmal, frisch aus

Italien gekommen in Zweiliterflaschen, erstklassige Ware.«

Der Prediger blieb ganz ruhig, aber seine Backenknochen mahlten, und doch stand er auf. Bat den Melker, sich niederzuknien, legte seine Hand auf dessen Kopf. Zwei weitere Brüder aus der Gemeinde fühlten sich berufen, auch ihre Hände auf den Melker zu legen, und so beteten sie für ihn, segneten ihn. Danach pries die Gemeinde den Herrn für die vollständige und nachhaltige Errettung des Melkers, an die nur die ganz, ganz besonders Gläubigen noch glaubten, mit dem Lied: *O Jesu, teures Gotteslamm, du wurdest an des Kreuzes Stamm für unsere Sünd' geschlachtet.* Worauf ein Kind in der dritten Reihe die Mutter flüsternd fragte, ob der liebe Herr Jesus tatsächlich ausgerechnet für den polnischen Melker geschlachtet wurde.

»Ja«, lautete die kurze Antwort der Mutter.

»Armer Jesus!«, staunte das Kind.

Die jungen holländischen Kerle waren laut, ihre Sprache erinnerte Johanna an übermüdete Fischer, denen frisch gegrillte Makrelen im Hals kratzten. Es klang, als husteten sie beim Sprechen unentwegt Gräten heraus. Endlich sah Rob sie an der Tür stehen, winkte sie heran und zog sie neben sich. Das einzige Mädchen inmitten fröhlicher Sünder. Johanna zitterte im Sommer, hier begann etwas Neues.

Der Anpfiff verzögerte sich, weil die Eckfahnen fehlten. Der Kommentator regte sich herrlich darüber auf. Die ganze Welt schaute auf München, deutsche Gründlichkeit, und dann ein Finale ohne Eckfahnen! Rob trank zwei Bier, dann steckten die Fahnen endlich. Es ging los, die Jungs starrten, stöhnten, riefen, sprangen auf, setzten sich wieder. Hofften, ja beteten. Vergaßen sich wie kleine Kinder im Theater, den Mund vor Konzentration halb offen. Mal erschraken sie, immer gemeinsam, wie von einem Dirigenten geführt. Mal rissen sie die Arme hoch, stöhnten dabei hingegeben auf. Alle zusammen, immer dasselbe. Ein glückseliger Männerbrei, warm gekocht.

Als Hoeneß in der ersten Minute foulte und Neeskens den Elfmeter verwandelte, legte Rob vor Fußballseligkeit den Arm um Johanna. Diese Zärtlichkeit dauerte eine halbe Stunde, dann wurde Hölzenbein gefoult, und Breitner glich aus. Rob nahm seinen Arm empört von der Westdeutschen, doch es kam noch ärger.

»Und prompt ist der Ball bei Bonhof gelandet, im Sechzehnmeterraum, spitzer Winkel zum Tor, da kommt der Ball auf Müller, der dreht sich um die eigene Achse, schießt und: Tor! Tor durch Gerd Müller!«

Zwei zu eins, Deutschland führte. Rob schaute Johanna so böse an, als habe sie selbst das Tor erzielt, als sei sie Müllers Schwester: »Wieso ihr, warum immer die Deutsche? Bombardiert Rotterdam, und jetzt noch das!?«

In der Halbzeitpause trank er viel, reichte auch ihr missmutig ein Bier, sprach aber nur mit seinen Freunden.

Johanna war das alles so herrlich gleichgültig. Kein Bekenntnis war hier nötig, doch den Jungen schien es um alles zu gehen. Johanna trank zum ersten Mal Bier. Bitter, fand sie. Erfrischend wie Lukas' Zitronenlimo. Noch eins.

In der zweiten Hälfte schimpften alle Holländer

über einen, der Sepp Maier hieß. Weil dieser Sepp ihn hatte, den Ball. Selbst Johanna, die Ahnungsloseste unter allen Zuschauern, sah: Der Sepp hält jeden Ball! Chancen hatten die Niederlande, aber sie bekamen das Ding einfach nicht rein. Das Spiel war aus.

Deutschland hatte schlechter gespielt, aber gewonnen. Johanna war Weltmeister, Rob heulte. Richtig mit Tränen, die übers Gesicht liefen. Die anderen Kerle auch, ungeniert. Scheiß Hölzenbein, der Elfmeterschinder. Ihre Leidenschaft übertrug sich auf Johanna. Es musste tatsächlich sehr wichtig sein, hier gewonnen zu haben. Vor zwei Stunden hatte sie nicht mal gewusst, dass es überhaupt um etwas ging. Nicht ohne einen gewissen Stolz grinste Johanna verschmitzt. Man konnte nicht verlangen, dass sie sich ärgerte, wenn ihr eigenes Land gewann.

Rob hustete mit seinen Freunden noch ein paar Gräten, dann lächelte er und suchte zusammen mit ihr das Spiel zu vergessen, ausgerechnet mit einer Deutschen. Auf dem Gang zum Hinterhof drückte er sie gegen die Wand, lehnte seinen ganzen Körper gegen ihren, legte seine lieben Hände um ihren Kopf, zog ihren Mund zu sich hoch und küsste sie. Streichelte ihre Haare, kraulte sie, flüsterte *liefje* und *meisje* und andere fremde, wunderbare Worte und küsste sie wieder. Johanna stellte keine seiner Berührungen in Frage, wenn er nur damit weitermachte.

Die beiden waren nicht allein. Ihr ständiger Begleiter war seit der Geschichte mit der roten Hose keine Sekunde von ihrer Seite gewichen. Er hatte schon während des Spiels neben ihr sitzen wollen, aber es gab keinen Platz mehr am Tisch, die Luft war Ihm zu dünn, die Jungs vor dem Fernseher zu laut. Deshalb hatte Er sich in die Nähe der Tür gestellt, da war Ihm etwas wohler.

Jetzt im Gang zum Hinterhof atmete Er schwerer als üblich und ging hinter den beiden eng Umschlungenen nervös auf und ab. Schaute hin, stöhnte sorgenvoll auf, ging weiter. Kam zurück, mahnte Johanna zur Eile, zum Weitergehen. Hilflos schien Er gar: »So, jetzt nimm deinen Schlitten und geh.«

Johanna tat, als bemerke sie Ihn nicht, der sich jetzt neben sie an die Wand lehnte, die Arme vor der Brust verschränkte, sie von der Seite vorwurfsvoll anschaute und die Sache stumm verfolgte.

Johanna fühlte sich seltsam mutig. Sie war immerhin Weltmeister geworden, sie hatte Bier getrunken. Rob sah Ihn ja nicht, Gott sei Dank. Hatte Er das Spiel gesehen? Natürlich hatte Er, was blieb Ihm übrig! Hier war ein Junge, der küsste. Fast ein Mann. Der noch was ganz anderes wollte, wenn sie ihn ließe und er sich traute. Schon berührte seine Hand ihre Haut, streichelte ihren Bauch. Es ärgerte Ihn, was hier geschah, das war klar. Und doch hatte keiner Seiner Vorwürfe eine Wirkung. Konnte Er denn etwas dagegen machen?

Es erstaunte Johanna, Er war nicht allmächtig, Er konnte nicht!

Er versuchte es mit Drohungen: »Ich brauche nicht zu warnen, ich weiß, wie es endet.«

»Wie endet es denn?«, fragte sie patzig.

»Du wirst ihn nie vergessen können.«

»Schön!«

»Nein, Liebes. Das ist nicht schön, das nicht vergessen zu können. Für Liebende ohne Zukunft ist es die Hölle.«

3 1 Die Schlange war listiger als alle Tiere des Feldes, die Gott gemacht hatte. Sie sprach zu Johanna, die ihren ersten Freund begehrte: »Hat Gott wirklich gesagt, er darf dich nicht anrühren?« 2 Johanna antwortete der Schlange: »Nur, wenn ich seine Frau bin. Das sollt ihr nicht machen, spricht Gott, damit ihr nicht sterbet.« 3 Darauf sprach die Schlange zu ihr: »Keineswegs, du wirst nicht sterben. Dir werden die Augen aufgehen, und du wirst deinen eigenen Willen entdecken.«

Er summte jetzt das Lied von der Hornisse mit der Haube, da im Flur an der Wand. Und Johanna gehorchte Ihm.

Pass auf, kleine Hand – sie berührte Rob nicht, sondern legte ihre Hände hinter den Rücken, als fessele sie sich selbst.

Pass auf, kleiner Mund – sie sprach kein Wort mehr mit Rob.

Pass auf, kleines Auge – sie sah Rob nicht mehr an, sondern schloss ihre Augen.

Pass auf, kleiner Fuß – sie ging keinen Schritt mehr, sondern ließ sich in Robs Arme fallen. Er trug sie hoch in sein Zimmer und legte sie auf sein Bett.

Pass auf, kleines Ohr – sie hörte nicht mehr, was Rob fragte, sagte, wie er stöhnte.

Die Hornisse hatte in ihrem Lied etwas vergessen, Riechen und Schmecken fehlten. Es gab keine Strophen dagegen.

Brauchst nicht aufzupassen, kleine Nase, was du riechst.

Brauchst nicht aufzupassen, kleine Zunge, was du

schmeckst. Denn der Vater in dem Himmel hat was anderes zu tun.

> 4 Johanna erkannte, dass ihr Freund entzückend war. Und sie nahm von seiner Frucht, roch und schmeckte ihn. 5 Da gingen ihr die Augen auf und der Mund, die Hand und das Ohr. 6 Und sie erkannte, dass sie nackt war und sich doch nicht schämte.

Er hatte wahrhaftig dabei zugesehen. Johanna sah, dass Ihm Tränen über die Wangen liefen, so weh tat Ihm ihre Lust. Johanna war zu weit gegangen, sie selbst war berauscht davon, endlich einmal.

Jetzt erst verließ Er den Raum. Später in der Nacht, als alles ruhig schien, öffnete Er wieder leise die Tür. Stellte sich ans Fußende des Bettes, weckte Johanna und warnte sie ein letztes Mal, sie sollte aufstehen und mitkommen. Johanna schmiegte ihren nackten Körper wortlos an Rob und zog die Bettdecke über den Kopf.

Am Morgen danach war Er verschwunden. Brennender Schmerz hatte sie geweckt: Überall dort, wo sie an Robs Körper gelegen hatte, war ihre Haut tiefrot geschwollen und wund – als habe sie sich verbrannt. Er konnte auch anders.

Johanna war eine Freude für ihren Vater: Sie las täglich in der Bibel, spielte Gitarre auf der Straße und Harmonium im Gottesdienst. Der Vater hatte keinen Zweifel an ihrer Frömmigkeit, denn er blätterte gern im Tagebuch der Tochter, was Johanna allzu gut wusste, offen ließ sie es deshalb auf ihrem Schreibtisch liegen. Es war das sogenannte Stille-Zeit-Buch, in dem sie ihre Gedanken und Fragen notierte, Rob und ihre Abwege aber natürlich mit keinem Wort erwähnte. Jeden Tag begann sie mit einem Nachdenken über den Losungsvers der Herrnhuter Brüdergemeine als Tagesparole und endete mit dem eindringlichen Gebet, Gott möge dieses oder jenes an ihr vervollkommnen.

»Kind, ruft dich der Herr zur Taufe?«, fragte der Vater.

Johanna wusste, was das bedeutete: Nicht mein Wille geschehe, sondern Seiner. Das war das Gelöbnis dessen, der sich taufen ließ. Aber das wollte Johanna nicht, sie hatte doch gerade erst ihren Willen kennengelernt.

»Ich lege Gott diese Frage täglich im Gebet vor und habe noch keine Antwort erhalten.«

Sie wollte weder dem himmlischen noch dem irdischen Vater mehr gehorchen. Sie wollte tun, was sie wollte. Johanna träumte von einer dieser Jacken mit Fellimitat an den Aufschlägen und bunten Indianerstickereien. Stattdessen stand sie nachmittags mit langem dunkelblauen Wickelrock und von Else gestricktem Pullunder in der Fußgängerzone und sang zur Gitarre, und ihre Kleidung war Programm: Sie war nicht von dieser Welt. Die halbe Schule tanzte da vorbei, immer die Finger auf Johanna gerichtet.

»Das ist die aus der zehnten Klasse!«

Johanna spielte Gitarre, der Gemeindechor sang *Danke für diesen guten Morgen, danke für jeden neuen Tag*. Dann stellte sich der Vater auf eine Tonne.

»Das ist der Vater von der, heißt sie nicht Johanna?«

Er begann zu brüllen: »Der Mensch kann Liebe

geben und Liebe nehmen. Nirgends wird das so vollkommen praktiziert werden können wie in der Ehe. Gute Beziehungen zu einem Freund, zur Nachbarschaft kann diese Tiefe nicht erreichen. Leib und Sexualität ist etwas Großartiges.«

Johannas Mitschüler applaudierten grölend. Johanna störte sich heute besonders an den Fehlern, die ihr Vater machte: »Leib und Sexualität *sind* etwas Großartiges«, murmelte sie.

»Aber der Mensch hat nicht nur Leib, er hat auch die Seele und den Geist. Und darum darf Sexualität nicht von den andern Bereichen ausgeklammert werden.«

… nicht von *diesen anderen* Bereichen …

»Man täuscht sich selbst, wenn man meint, Sex kann über alle Krisen in der Ehe hinweghelfen. Denn nach kurzer Zeit merkt man, dass auch dieser Bereich sich totlaufen kann.«

Johanna schämte sich, ihr Vater klang schief und schräg. *Bereich*, sagte er. Und *totlaufen*, das war so lächerlich.

Der Vater unverdrossen weiter im selben Singsang, von ihren Mitschülern verhöhnt. Er war ganz in seinem Element, ihm machte das nichts aus. Im Gegenteil, er war stolz, verhöhnt und verlacht zu werden. Das machte ihn als Prediger noch bewundernswerter. Die Bibel in den Himmel gestreckt, brüllte er gegen die Meute an: »Wenn der gemeinsame Glaube nicht beteiligt ist in der Ehe, dann gewinnt der Sex Herrschaft über den Menschen, und der Mensch wird zu einem triebhaften Sklaven.«

»Sklaven! Triebhaft! Mach weiter, bravo!«

Johanna hatte dieses Geschrei der Straße gewöhnlich als Mutprobe hingenommen und ausgehalten –

es waren doch bloß Ungläubige. Eine Verbindung zu ihnen bestand nicht, es sei denn, sie ließen sich bekehren. Nun aber hatte sie Rob kennengelernt, mit niemandem wollte sie enger verbunden sein. Ihn wollte sie nicht bekehren, sondern genießen. Andererseits wurde hier auf der Straße entschieden, ob man sie später im Himmel kannte. *Wer mich bekennt vor den Menschen*, sagte Jesus und hatte einen Handel angeboten, *den werde ich bekennen vor dem himmlischen Vater. Selbst wenn sie euern Leib töten, darüber hinaus können sie nichts weiter tun.* Johanna aber hatte ihren Leib im Moment sehr nötig, damit er geküsst und gestreichelt wurde. Ein Märtyrertod kam nicht mehr in Frage, der abgeschmackte Pullunder schon gar nicht; heute war ihr die Straßenmission so zuwider wie nie.

Frühmorgens war sie ins Haus geschlichen und hatte unbemerkt in ihr eigenes Zimmer kommen können. Johanna ahnte nicht, dass unsere Else bereits zwei Tage zuvor in eine Bank gegangen war und einen größeren Geldschein in Münzen hatte wechseln lassen, um damit die Missionsspardose wieder aufzufüllen. Am Nachmittag jenes siebten Juli hatte sie Johannas Fehlen in der Sonntagsschule schriftlich entschuldigt: Die Tochter läge im Bett und brauche Ruhe, ihr sei nicht gut, eine Frauensache; Männer seien unerwünscht. Zur Untermauerung ihrer Lüge hatte sie stündlich eine Wärmflasche bereitet und sie hoch ins Zimmer gebracht. Dazu leichtes Essen, das sie selbst an Johannas Schreibtisch aß und deren Reste sie wieder zurück in die Küche brachte. Gleichzeitig musste sie Ausschau halten, wann das Mädchen, das ja von ihrem Unwohlsein nichts wissen konnte, zurückkommen würde. Sie hoffte, Johanna habe endlich eine beste Freundin gefunden oder sich sogar verliebt, zumindest etwas Neues außerhalb des Gemeindelebens entdeckt. Als aber Johanna auch die Nacht über fortblieb, machte sich Else große Sorgen, dass ihr etwas Schlimmes geschehen war. Sie wachte die ganze Nacht am offenen Fenster, Else konnte doch nur schauen statt lauschen. In der Morgendämmerung sah sie Johanna endlich heimkommen, zog sich zurück und konnte vor Aufregung nicht mehr schlafen. Zugleich quälte sie das Sodbrennen, sie hatte für zwei gegessen.

Daher stand unsere Else ebenso übermüdet wie Johanna montags auf der Straße, an ihrer Seite.

Johanna hielt sich gequält an ihrer Gitarre fest. Sie wollte nicht hier stehen, nicht mehr. Im Grunde konnte sie gehen, sie war ja nicht mal getauft, also auch eine Ungläubige wie Rob. Sie sah hinunter auf ihre Füße und wusste genau, dass die da unten keinen Schritt fort von hier gehen würden. Ihre Muskeln reagierten nicht auf *wollen*, sondern auf *sollen*.

Der Vater redete immer weiter: »In vielen Gesprächen wurde mir die Frage gestellt: Wo steht in der Bibel, dass sexuelle Beziehungen außerhalb der Ehe Sünde seien?«

Johanna erinnerte sich an die Zärtlichkeiten der vergangenen Nacht. Ihr gefielen sexuelle Beziehungen vor der Ehe sehr, allein der Gedanke daran brachte sie zum Lächeln.

Der Prediger las aus der Bibel. Die Zuschauer pfiffen so laut, dass Johanna mit den andern zur Beruhigung das Lied *Friede sei mit dir* anstimmen musste. Was ihr Vater da von sich gab, ging Johanna durch den Kopf, war einfach nur peinlich. Sie würde diese Straßeneinsätze nicht mehr mitmachen, sie würde noch heute mit ihrem Vater darüber sprechen, das nahm sie sich vor.

Als Johanna wieder aufsah, kam Rob mit seinen Freunden über die Straße geschlendert. Niemals war ein Moment für sie so abscheulich wie dieser, Rob würde über sie lachen und nichts mehr von ihr wissen wollen. Zunächst griff sie nach Elses Unterarm und hielt sich an ihr fest, dann verbarg sie sich mit blassem Gesicht hinter deren Rücken. Else stand zwischen den beiden und blickte auf den jungen Mann.

Rob erkannte Johanna sofort. Sein Lächeln war eindeutig, er freute sich, so einfach war das. Blieb stehen und schaute, was Johanna hier tat.

Währenddessen fuhr ihr Vater fort: »Fünfter Mose 22, die Verse 23–24: Ist eine Jungfrau mit einem Mann verlobt und trifft mit ihr ein anderer Mann innerhalb der Stadt zusammen und wohnt ihr bei, so sollt ihr die beiden zum Tore der betreffenden Stadt hinausführen und sie zu Tode steinigen: das Mädchen, weil es in der Stadt nicht um Hilfe schrie, und den Mann, weil er das Weib seines Nächsten schwächte. So sollst du das Böse aus deiner Mitte austilgen.«

Der Vater ließ die Bibel wieder sinken. Rob stand ihm gegenüber, sah ihm geradewegs in die Augen. Johanna schaute hinter Elses Rücken hervor. Die endlich verstand, dass es wohl um diesen Jungen ging. Else bereute ihren Wachdienst keine Sekunde, er war das ganze Geld des nickenden Negers wert.

Else kannte in- und auswendig, was Heinrich daherredete, es waren immer dieselben Texte, immer derselbe Unsinn. Steinigung? Ihr Beschützerinstinkt und ihr weiblicher Stolz gewannen überhand. Wer ohne

Schuld ist, der werfe den ersten Stein; das war ihr Evangelium. Aus diesem Grunde ging unsere Else nach vorn, nahm dem Vater freundlich die Bibel aus der Hand und ging auf Rob zu. Sie hielt ihm die Bibel hin und zeigte auf einen Vers, weiter unten. Drängte ihn, das laut vorzulesen.

Rob tat es wahrhaftig, las mit seinem charmanten holländischen Akzent: »Trifft jemand eine noch nicht verlobte Jungfrau, packt sie, wohnt ihr bei und wird dabei ertappt, so hat der Mann, der ihr beiwohnte, dem Vater des Mädchens fünfzig Silberschekel zu zahlen. Auch muss er sie zum Weibe nehmen, dass er sie schwächte; er darf sich sein ganzes Leben nicht von ihr scheiden.«

Johanna starrte Else an: Hörte sie, sprach sie, wusste sie es? Oft hatte Else ihr erklärt, sie höre mit den Augen gut und verstehe viel mit einem sechsten Sinn. Es stimmte also.

Rob gab Else die Bibel zurück. Dann fragte er den Vater: »Wie viel ist fünfzig Silberschekel?«

»Das ist viel Geld. König David kaufte dem Jebusiterkönig Arauna den Hügel Morija für fünfzig Silberschekel ab, das ist der heutige Tempelberg in Jerusalem.«

»Oh, diese Grundstück wird unbezahlbar sein heute, genau wie schöne Mädchen heute nicht mehr zu haben sind mit Schekel, doch?«

Die Zuhörer zerstreuten sich, weil es nichts mehr zu lachen gab.

Der Vater liebte es, über die Bibel ins Gespräch zu kommen, dafür lebte er. Eifrig stieg er von seiner Tonne herunter, stand Rob mit der aufgeschlagenen Bibel in der Hand gegenüber und lehrte ihn Gottes Wort.

»Im dritten Mose Kapitel 27 steht – interessiert dich das, mein Sohn?«

»Ja, bitte, geh weiter!«

»Der Schätzungswert einer männlichen Person von zwanzig bis sechzig Jahren betrage fünfzig Silberschekel.«

»Ich bin noch keine zwanzig, wie viel bin ich wert?«

Der Vater blätterte: »... eine Person von fünf bis zwanzig Jahren, so soll der Schätzungswert einer männlichen Person zwanzig Schekel sein.«

»Und eine kleine Frau?«

»Zehn Schekel. Die Frauen sind hier fast immer nur so um die Hälfte wert, mal mehr, mal weniger.«

»Ich verstehe das. Sind sie heute immer noch die Hälfte wert?«

»Die Frauen? Wenn es geschrieben steht, stimmt es, natürlich.«

»Wort für Wort.«

»Ja, es ist ja Gottes Wort.«

»Sagt das Buch auch was über Fußball?«

»Wie bitte?«

»Ein Fußballspiel, das verloren wurde? Steht etwas da in das Buch?«

»Über Füße ja, verloren, lass mich überlegen. Altes Testament.«

Der Vater blätterte, suchte: »Kapitel 1 Vers 13. Das könnte passen.« Er las vor: »Er hat ein Feuer aus der Höhe in meine Gebeine gesandt und lässt es wüten. Er hat meinen Füßen ein Netz gestellt und mich rückwärts fallen lassen; er hat mich zur Wüste gemacht, dass ich für immer siech bin.«

Rob staunte nicht schlecht: »Gott ist eine Holländer!«

»Das war Jeremia.«
»Ich denke, alles ist Gott, Wort für Wort?«
»Ja, mein Sohn.«
»Wo steht das dann?«
»In den Klageliedern.«
Rob rief lachend aus: »Da! Seht ihr? Klagelieder! Heute ist Gott eine Holländer.«

Rob schüttelte kräftig die Hand des Predigers, dann schüttelte er Else die Hand, dann sehr ausführlich die Hand des polnischen Melkers, der Robs Bierfahne vom Vorabend genoss, grüßte jeden im Chor und ergriff zuletzt zärtlich Johannas Hand.

»Sehr schöne Gitarre, danke schön. Wunderbar, auf bald.« Und flüsterte in ihr Ohr: »Süßer Rock! Nachher?«

Johanna nickte, der Vater merkte nichts.

Wehmütig wandte sich Markus ab. Sein Vater hatte sich mit dem fremden Ausländer so prächtig unterhalten, seine Augen leuchteten noch immer. Eifrig wollte er sich bei ihm in Erinnerung rufen: Er war es, der die Liederbücher einsammelte. Er, der die Tonne und das elektrische Klavier zum Auto schleppte. Der den Wagen fuhr, Heinrich hatte keinen Führerschein. Markus ging auf seinen Vater zu und reichte ihm die Hand: »Du hast wunderbar gesprochen.«

Doch der Vater reagierte nicht, erwiderte kein Wort.

Markus ließ seine Hand sinken. Ihn beruhigte die Schroffheit des Vaters fast: Sein Liebstes war er ganz gewiss nicht.

Behäbig trug er die schwere Tasche mit Bibel und Traktaten, öffnete dem Vater die Beifahrertür, half ihm hinein und drückte schließlich seinen Bauch hinters Steuer.

»Wohin nun, Vater?«

»Zum Grab deiner Mutter, das Unkraut wuchert.«

Am späten Abend ging Johanna leise hinauf nach Mutterland, sie musste ihr unbedingt von Rob berichten. Sie hatte niemanden hier erwartet, umso mehr erschrak sie: Ihr Vater lag auf dem Sofa, zugedeckt mit einem Kleid der Mutter. Als sie sich wegschleichen wollte, rappelte er sich hoch, sah Johanna an und sagte so leise wie noch nie: »Ich bin dienstags dran.«

Johanna rang nach Worten: »Wieso erzählst du uns nichts von früher, von dir, von Mama? Immer nur Gott und Halleluja.«

Seine Augen waren feucht, das hatte sie nicht erwartet.

»Warst du in sie verliebt?«

Seine rechte Hand zitterte stark: »Damals? Als eine Granate in unseren Wagen eingeschlagen ist.«

Er schien ihre Frage gar nicht gehört zu haben, er sprach nicht von der Mutter, er war in Gedanken ganz woanders.

»Ich habe drei Jahre neben ihm diesen Krieg ausgehalten. Drei Jahre auf Gedeih und Verderb, dann war mein Kamerad tot. Nicht ich, sondern er, der Bessere von uns beiden. Ich habe seine Hand gehalten.«

Johanna hatte ihren Vater noch nie so erlebt, er sprang jetzt auf, raufte sich die Haare und redete, von Weinkrämpfen geschüttelt: »Deine Großeltern, prima Menschen. Während eines Bombenangriffs. Sie hatten meine Hand gehalten.«

Er hielt Johanna die Hand hin, damit sie sich diese eine Hand genau ansah.

»Deine Mutter, Susanna, kurz bevor sie aus dem Haus ging ... alle meine Hand. Alle, die ich lieb hatte.«

Johanna wollte ihn anfassen, sie streckte ihre Hand aus.

Doch er entzog sich und schüttelte den Kopf: »Du sollst leben.«

Er drehte ihr den Rücken zu: »Geh, lass mich allein!«

Viertes Kapitel

In den elenden Morgenstunden zwischen vier und sechs schlief Heinrich kaum, er dämmerte nur. Verirrte sich, von Bildern gejagt, von Stimmen gequält, die gierten, jaulten, jammerten und ihm sonst was versprachen. Die schließlich um Erlösung brüllten und vor Hunger Zähne zeigten.

14 31 Heinrich lag in einer Grube, darin befanden sich sieben Löwen. 32 Sie verlangten jeden Tag zwei Menschenleiber und zwei Schafe. 33 So warf er sich auf sein Angesicht nieder und betete: 34 »Mein Vater, wenn möglich, so gehe diese Anfechtung an mir vorüber.«

Wurde das Gebet erhört, wachte er tatsächlich auf, trank warme Milch mit Honig und schlief wieder ein. Wenn es nicht gelang, ging der Irrsinn weiter: In weher Benommenheit vermochte er dieses schmerzhafte Drücken und Ziehen nicht unter Kontrolle zu bringen. Es ließ ihn schwitzen, zittern, bis die Zähne gegeneinander schlugen.

Er wälzte sich hin und her und sehnte sich im Halbschlaf nach einem Menschen, der ihn erlöste. Der ihn fest umschlungen hielt mit seiner liebevollen Haut, an der er sich reiben konnte. Dann wäre er ohne Angst, dann könnte er springen und spielen und spürte keinen Mangel mehr.

Heinrich Becher misshandelte sich mit diesem Sehnen, das keine Lösung kennen und keinen Menschen bitten durfte. Er wischte seine innigsten Wünsche mit einem Handstreich fort, weil seine eigene Verkündigung sie verbot. Daher schlichen seine sieben Löwen heimlich umher und öffneten fremde Türen, lümmelten sich an Betten, glotzten, kratzten sich das Fell auf, leckten sich wund. Bei diesen Gedanken verlor Heinrich vor Erregung fast die Besinnung: Sie griffen mit ihren Pranken, fanden die Wärme, legten die Schnauze daran und machten sich breit. Da durfte kein Nein sein, auch kein Rufen und kein Zappeln, da musste man die Schnauze halten, dass nichts störte. Einer aus der Rotte legte sich drauf, ein anderer presste den Mund zu, ein Dritter packte die wehrenden Hände, der Vierte schlug die Beine auf und labte sich, bis die Knochen weiß waren. Den leblosen Rest der Beute schleppten sie durch die Steppe und legten ihn hinter Fels und Büschen ab.

Diese Fantasien waren konkret, seine Opfer hatten bereits Namen und Gesichter, doch berührt hatte er noch niemanden.

Heinrich betete inständig, Gottes heiliger Zorn möge ihn da herausholen, sonst würde noch etwas geschehen. Kurz bevor er also wahrhaftig durch Haus und Häuser schlich und fremde Türen öffnete, packten ihn die Gottessöhne und würgten statt eines Opfers ihn, legten sich auf Heinrich, pressten ihm die Gurgel, hielten seine wehrenden Arme, klemmten seine Beine, schleppten ihn davon und gruben ihn ein.

Atmeten auf, es war mal wieder gutgegangen. Wehe dir, riefen sie.

Die Regeln, die Heinrich täglich predigte, mussten noch härter werden, auf dass er seine eigenen Löwen in der Grube ließ. Sein strenges Wort schützte die, die um ihn keuchten und ihn feucht umgaben.

Am Morgen nach dieser Nacht rasierte der Vater im Spiegel einen Fremden, ihm fehlten zwei Knöpfe am Hemd, seine Krawatte war zu bunt, er verbrühte sich am Kaffee, trat barfuß in eine Reißzwecke, jaulte auf vor Schmerz, kam ins Wanken, ein Fotorahmen fiel von der Kommode, das Glas zerbrach auf dem Boden. Heinrich ging in die Hocke und holte das Foto aus den Scherben.

»Susanna«, flüsterte er und weinte fast. »Es tut mir leid. Verzeih mir bitte.«

Beim Frühstück fehlte Lukas. Johanna erklärte, er läge noch im Bett und schliefe. Noch war der Vater zu zerschlagen, er beließ es dabei.

Lukas hatte Kraft für zwei Leben, er betete hier und feierte da. Ihm war bewusst, wie gut er aussah – helle Haare, grüne Augen, volle Lippen. Er brauchte einem Mädchen nur ein einziges Mal in den Nacken zu hauchen und hatte es für sich gewonnen. Er war, ohne sich anstrengen zu müssen, in jedem Schulfach gut. Er lachte selbst vor einem Chemietest. Als er Landesmeister im Hochsprung wurde, war sein Lächeln sogar in der Zeitung zu sehen. Dem Reporter hatte er erzählt, die Freude über Jesus Christus habe ihn so hochspringen lassen. Mit diesem öffentlichen Zeugnis rechtfertigte er seine langen Trainingszeiten gegenüber dem Vater und der Gemeinde, sie beteten deshalb allesamt fleißig für noch höhere Sprünge, zur Ehre Gottes. Aber das Doppelleben begann Lukas zu ermüden, er musste an diesem Sonntagmorgen in seinem Bett liegen bleiben.

Der Gottesdienst sollte bald beginnen, ein Sohn war nicht an seinem Platz. Der Vater rief nach ihm, niemand antwortete.

Lukas ging leidenschaftlich gern ins Kino und berichtete seiner kleinen Schwester davon: »Wir haben geweint wie die Motten!«

»Wie Schlosshunde!«

»Schlosshunde? Wieso die? Weinen die besser als Motten?«

»Lauter, nehme ich an.«

»Wer heult schon im Kino so laut wie ein Schlosshund? Wir jedenfalls haben geheult wie Motten!«

Er zeigte Johanna, wie man Skat spielte. Ein Teufelsspiel, wie der Vater sagte.

»Erinnerst du dich?«, lächelte Lukas.

Johanna nickte: »*18, 20* – war das langweilig!«

Der Vater brüllte durchs Haus. Drohte, stellte ein Ultimatum. Und drang schließlich in Lukas' Zimmer ein.

»Steh auf!«

»Nein.«

»Ich sage, steh auf!«

»Nein.«

Heinrich wollte Lukas helfen: »Du bist krank. Du hast Fieber, dein Magen ist verstimmt.«

»Nein.«

»Was ist dann los?«

Lukas blieb im Bett liegen, widersprach ohne Ausflüchte: »Ich will nicht, das ist alles. Ich will nicht sitzen, und ich will nicht beten. Ich will nichts, ich will heute einfach nur weiterschlafen.«

Er drehte seinem Vater den Rücken zu. Der war fassungslos: »Lukas, du stehst sofort auf!«

Der Junge drückte sich noch tiefer in seine Kissen.

Da packte Heinrich seine Haare, zog ihn hoch und fauchte: »Letzte Warnung!«

»Lass mich los!«

Lukas schrie auf vor Schmerz, Heinrich ließ nicht los.

»Gehorchst du?«

»Nein!«

Da zog er ihn aus dem Zimmer, über den Flur, an den Haaren. Der Vater schleppte den Jungen bis ins Wohnzimmer und warf ihn vor die Kanzel. Lukas winselte vor Schmerzen.

»Johanna!«, befahl der Vater. »Hol ihm den Anzug und Schuhe. Er soll sich genau hier anziehen und sich da hinsetzen.«

Der Vater drehte sich um, ging in Richtung Küche. Hörte noch einige Wortfetzen aus Lukas' Mund und schrie zuletzt durchs Haus: »Und sag ihm, er soll das Maul halten!«

An den Früchten werdet ihr sie erkennen. Der Vater hielt sich für den Baum seiner Familie und hatte nicht seine eigenen abscheulichen Taten, sondern seine Kinder im Blick. *Jeder Baum, der keine gute Frucht bringt, wird umgehauen und ins Feuer geworfen.* Wenn eines seiner Kinder willentlich dem Gottesdienst fernblieb oder anderweitig vom Glauben abfiel, würden seine Geschwister im Herrn ins Nachdenken kommen, wie es um die Glaubenskraft ihres Predigers bestellt war.

So saß Lukas wie immer im Gottesdienst, achtzehn Jahre alt, direkt vor der Kanzel, von der sein Vater auf ihn herab sprach. Heute jedoch senkte Lukas seinen schmerzenden Kopf nicht, heute sah er seinem Vater direkt in die Augen. Tränen liefen ihm dabei übers Gesicht, eine ganze Predigt lang.

Heinrich faltete die Hände; seine Stimme verfiel nun in einen Singsang, als betete er mit amerikanischem Akzent: »Großer Gott, wir loben und preisen Dich, wir danken Dir für den wunderschönen Tag, Deinen Tag, den Du uns bereitet hast.«

Der Vater öffnete im Gebet die Augen, sah Lukas an: »Segne aber auch diejenigen unter uns, die im Geiste abwesend sind. Die im Gottesdienst sitzen und doch nicht Deine Nähe suchen. Erbarme Dich ihrer Tränen, segne Du diese Verlorenen, auf dass sie nicht zu ihrem einzigen Glück geschleppt werden müssen, sondern sich mit Freuden in Deine väterlichen Arme flüchten, wenn die Müdigkeit sie packen will und die Verlockungen der Welt sie anfechten.«

Der Rest der Predigt ging an Lukas vorbei. Irgendwann setzte sich der Vater an den mit Weißbrot und Rotwein gedeckten Abendmahltisch, rechts und links von ihm der Gemeindeleiter und der Kassenführer, alle drei waren sie in Schwarz gekleidet. Bevor der Vater die Zeremonie begann, warnte er wie immer alle Anwesenden mit den Worten des Paulus aus dem Korintherbrief: »Der Mensch prüfe aber sich selbst. Wer unwürdig von diesem Brot isst oder aus dem Kelch des Herrn trinkt, der isst und trinkt sich selber zum Gericht.«

So sollte auch jeder Getaufte prüfen, ob er im Einklang mit sich und Gott war. Wer in diesem Augenblick keine Vergebung empfangen hatte für seine letzten Sünden, wer mit jemandem in Streit war und sich bisher nicht ausgesöhnt hatte, durfte Brot und Wein nicht anrühren.

Jeder Gläubige nahm diese Warnung ernst; der polnische Melker fragte vor der Zeremonie vorsichtshalber jeden Teilnehmer einzeln, ob er etwas Falsches gemacht hatte, ob jemand Groll gegen ihn hege oder dergleichen. Wenn einer nicht zugriff, war dieser Moment im Gottesdienst für alle andern als aufregende Abwechslung willkommen: Sie konnten von außen beobachten, wer mit Gott und der Welt nicht im Reinen war.

Der Kassenführer nahm auf ein Zeichen des Vaters den Teller und reichte ihn dem polnischen Melker, der vorn saß. Der nahm sich ein Stück Brot und gab den Teller weiter durch die wenigen Reihen. Lukas griff ebenfalls zu, doch rasch stand sein Vater auf, entzog ihm den Teller und machte ihn so vor allen Leuten zum Sünder. Zugleich spielte er flüsternd seine letzte Karte aus: »Du springst nie mehr.«

Der Brotteller wanderte weiter, der Vater setzte sich zurück auf seinen Platz. Die schneidende Anspannung, die jedem im Raum die Luft nahm, hatte Markus heute aufatmen lassen. Er hockte in den hinteren Reihen und hoffte, dass da vorn endlich Platz geschaffen würde für ihn.

Der Prediger selbst bekam das Brot zuletzt gereicht: Er kaute das winzige klebrige Stück so intensiv, als sei es ein Stück rohes Fleisch. Schloss dabei die Augen und schien zu beten. Lukas starrte ihn an, wie seine Zunge nach Brotresten kramte, die in der Mundhöhle klebten. Wie abstoßend war ihm diese Marotte des

Vaters geworden, wie abstoßend war ihm alles geworden in den Jahren.

Er stand auf und verließ den Raum, der Wein ging eben herum. Die Gemeinde raunte, was war los mit der mittleren Frucht des Baumes? Was war mit dem Baum selbst?

Markus stand jetzt ruhig auf, als habe man ihn gerufen. Ging gelassen zur Tür, die Lukas offen gelassen hatte, und schloss sie sacht. Stellte sich neben seinen Vater an den Abendmahltisch und nahm den Kelch aus seiner Hand. Markus blieb bei ihm, bis der Abschlusssegen den Gottesdienst beendete.

Nach dem Gottesdienst sammelte Johanna die Liederbücher ein, schloss das Harmonium und wollte ihre Kapelle wieder abbauen. Da schlich Lukas herein und verriegelte die Tür. Er stellte seinen gepackten Rucksack ab. Sie schaute an ihm herunter, er hatte wahrhaftig eine Jacke mit Fellimitat und bestickten Rändern! Und wie gut er aussah, wie ein Hippie.

»Ich muss weg, Johanna. Das Haus wird mir zu eng.«

Er nahm sie in den Arm, sprach gepresst und schluchzte: »Hier schnürt es mir den Hals zu.«

Er nahm seine Schwester in den Arm und küsste sie.

»So«, er beruhigte sich nicht, »davon hab ich schon lange geträumt.«

Lukas öffnete seine Hose, Johanna war schockiert. Was würde das denn werden? Ihr Bruder setzte sich mit seinem nackten Hintern auf die Kanzel! Johanna starrte ihn fassungslos an. Er furzte auf Vaters heiligen Platz. Das wäre der richtige Moment gewesen, in dem der Himmel herabfallen musste. Lukas zog die Hose wieder hoch, von oben fiel auch kein Feuer.

Dann nahm Lukas von dem Brot, dessen Reste noch auf dem Abendmahltisch standen, und sprach: »Nehmet, esset. Das ist mein Leib, der für euch erbrochen wird. Solches tut, sooft ihr den Finger in den Hals steckt, zu meinem Gedächtnis.«

Johanna wurde fast ohnmächtig vor Angst: »Lukas, hör auf, das darfst du nicht sagen.«

Er warf den Teller samt Brot auf den Boden: »Was will Er denn machen, der große Gott? War Er schon mal hier, hat Er was gemacht? Hat Er auf Mama aufgepasst?«

Lukas griff nach dem Wein: »In diesem Kelch steckt eine Binde mit Blut.«

Johanna hielt sich die Ohren zu, Lukas ließ sich auf den Boden fallen, lachte hysterisch, bis es ein Heulen war und er derartig die Fassung verlor, dass ihm Spucke aus dem Mund schäumte. Johanna hatte gelernt, dass die Sünde ein lauerndes Tier war, das nach dem Menschen verlangte. Sie beugte sich zu ihm hinab, wollte ihn beschützen und hielt ihn fest, aber Lukas wehrte sich. Da legte sie ihren ganzen Körper auf seinen, hielt ihn mit beiden Armen fest umschlungen, bis er sich beruhigte und aufstehen konnte.

Lukas wischte sich die Nase mit dem Ärmel, zog seine Mütze auf, strich Johanna mit dem Handrücken über die Wange und sagte zuletzt: »Komm mit mir, Johanna. Weg von hier, so weit es geht.«

»Nein, das geht nicht.«

Er hatte ohnehin nicht damit gerechnet, dass sie mitkommen würde.

Er nahm seine Schwester ein letztes Mal in den

Arm und drückte sie, dann ging er mit seinem Rucksack davon.

Es war der Sommer, als Rob kam und ging. Zurück nach Gouda – das sollte ein Ort sein! Sie kannte nur den Käse. Esst davon, solange ihr Rob gedenket. Johanna futterte Unmengen von dem Zeug, weil sie jede Minute an ihn dachte.

Wieder mit der Gitarre auf die Straße, wieder rein in die Mission, wieder in die Bibelstunde und Chorprobe und Stille Zeit mit Losung am Morgen und Mittagsgebet mit Lesung und Sonntagsschule. Sie hielt es nicht mehr aus, schon lange nicht mehr, entschuldigte sich. Hatte Fieber, hatte Halsweh, hatte eine Englischarbeit, hatte ihre Tage.

Sie hatte ihre Tage nicht.

Johannas Vater war Prediger der strengsten Gemeinde am Ort, ihre Mutter gab es nicht mehr, und vom Mut unserer Else wusste sie noch nichts. Lukas war fort, und Markus war ihr fremd. Johanna hatte keinen Menschen. Mit wem sollte sie darüber sprechen, dass sie ihre Tage nicht bekam? Sie nahm zu, ihr war schlecht.

Sie lag oben in Mutterland und fragte sich, wie sie schwanger sein konnte. Von dem, was da gewesen war? Was hätte Johanna dafür gegeben, wenn sie jetzt mit ihrer Mutter darüber sprechen könnte! Wenn das ihr Vater hörte, würde er den ersten Stein werfen. Ganz sicher, sie fühlte buchstäblich die schweren Brocken auf ihren Schädel krachen, er würde es tun. Eine ledige Tochter mit Kind machte sein ganzes Leben kaputt und seine Gemeinde dazu! Wie konnte man einem Pastor glauben, wenn er nicht mal seiner Tochter Anstand beibrachte. Das durfte nicht sein, die Tage mussten kommen!

Johanna zählte, rechnete, las im Biobuch nach. Für sie stand nur Mist drin: Die Liebe wurde beschrieben wie ein Halt an der Tankstelle. Ihre Periode war nun im dritten Monat überfällig.

Sie konnte sich nicht einmal umbringen, es würde in ihrem Fall nichts nützen. Im Jenseits würde sie als Sünderin erkannt und verloren sein. Im Diesseits würde dasselbe geschehen! Johanna sehnte ihre Mutter noch mehr herbei, der Dachboden war nicht mehr nah genug. Deshalb schleppte sie sich auf den Melaten-Friedhof und heulte sich an ihrem Grab die Seele aus dem Leib.

»Ich schwöre, ich werde keinen seiner Briefe lesen. Ich schwöre, ich werde ihn nie wieder sehen. Ich schwöre, ich werde … so was nie wieder!«

Der Grabstein der Mutter gab Johanna Halt, aber helfen konnte ihr die Tote nicht. Es gab nur Ihn, ihr ganzes Leben lang nur einen, den sie um Hilfe bitten konnte. Nur einen, der sie meinte, wollte und begleitete. Sie hatte Ihn fortgeschickt, als sie mit Rob im Bett lag, nun musste sie Ihn zurückholen.

Johanna presste einen Vers aus Psalm 50 hervor, Vers 15. Das ist die Telefonnummer Gottes, sagte man in der Gemeinde: 5015.

»Ich rufe Dich an in der Not!«
»So will ich dich erretten.«
Er war wieder da!
Sie fragte: »Was ist der Preis?«
»Du sollst mich preisen!«
»Wenn ich kein Kind kriege, was ist der Preis?«
»Wenn ich dir helfe.«

»Ich will keine Hilfe, ich will meine Tage.«
»Einverstanden.«
»Was ist Dein Preis?«
»Das weißt du wohl.«
Ihr Verhältnis hatte sich nach ihrem Alleingang verändert, Er war kein Barmherziger mit bunter Mütze mehr, der sie beschützte wie ein frierendes Kind. Sie hatte Ihm nur einmal nicht gehorcht, schon war Er streng geworden und kalt wie das Grab, an dem sie lehnte. Jetzt brauchte sie Seine Hilfe wieder, Sein Erbarmen. Johanna wusste, was zu tun war, sie kannte die Bedingungen nur zu gut.

»Eines nur erbitte ich mir von Gott, das hätte ich gern: Dass ich bleiben möge im Hause des Herrn immerdar, keinen Schritt mehr fort von Dir. Nie wieder eine eigene Richtung«, gelobte sie.

»So bete denn, wie du gelernt hast.«

Johanna ging auf ihre Knie, reckte beide Arme in den Himmel und ergab sich: »Erstens, ich brauche Dich. Zweitens, ich habe gegen Dich gesündigt. Drittens, vergib mir meine Schuld. Viertens, ich bitte Dich, mein Herr zu sein. Verändere mich so, wie Du mich haben willst.«

Seine Bedingungen waren erfüllt, Johannas Umkehr hatte Methode gehabt, ihr Verhältnis war bereinigt worden. Erleichtert atmete Er auf, sein Schäfchen war im Trockenen. Johanna hätte jetzt aufstehen und gehen können, es würde ihr nichts mehr geschehen, die Angelegenheit lag nun in Seiner Hand. Doch sie wollte Ihm noch eine besondere Freude machen.

7   37 Nun trat Johanna, die in der Stadt eine Sünderin war, von rückwärts an Ihn heran

und begann mit ihren Tränen Seine Füße zu benetzen und trocknete sie mit den Haaren ihres Hauptes, küsste Seine Füße. 38 Öffnete die kostbare kleine Flasche Parfüm, die Rob ihr gegeben hatte. Das Einzige, was sie von ihm hatte. 39 Und salbte Seine Füße mit dem Duft.

Nie hatte ein Grab besser gerochen. Johanna stand erschöpft auf, ging nach Hause und legte sich ins Bett. Sie fühlte sich, als sei alles in ihrem Leben auf Anfang gestellt, wie zur Geburt, nur wahrnehmbar. Die Vergangenheit war getilgt, kein Ballast mehr vorhanden, auch keine Verdienste.

Kein Kummer mehr von eben, noch kein Wunsch für bald. Am nächsten Tag bekam sie ihre Blutung. Obwohl sie fest daran geglaubt hatte, war Johanna fassungslos, als sie es wirklich sah und fühlte. Seine Begleitung hatte tatsächlichen Einfluss auf ihr Leben. Aus Dankbarkeit versprach sie Ihm zu schweigen, bis sie den zweiten nötigen Schritt dieser Übereignung gehen wollte, sobald ihre Blutungen vorbei waren.

Markus fiel auf, wie leise es im Haus geworden war: Johanna verkroch sich hinter zugezogenen Gardinen in ihrem Zimmer, und Lukas blieb verschwunden. Auch der Vater war seit Tagen verreist, Markus wusste nicht wohin. Er vermisste keinen seiner Angehörigen wirklich, doch ihm fehlten die Reibereien; sich streitsüchtig und bockig zeigen dürfen, es niemandem recht machen wollen, das hatte ihm gefallen.

Es war ein Augenblick der Stille für ihn, die er nutzen wollte, um auch eine Entscheidung zu treffen. Markus beschloss, nichts zu ändern. Er würde für immer in Köln bleiben. Das war kein spektakulärer Gedanke, es gab seines Wissens viele Kölner, die in Köln blieben, aber immerhin. Als Nächstes sehnte er sich nach einer Vision, einem Auftrag fürs Leben, wie sein Vater ihn predigte. Vielleicht würde sich eine Art Bestimmung finden, wenn er nur geduldig wartete oder suchte. Der polnische Melker hatte einmal die Bibel aufgeschlagen, willkürlich, und auf diese Weise Gott gefragt, was für eine Frau er haben würde. Und stieß auf den Vers: *Eine lange Dürre wird kommen.*

Markus stieß schon lange nicht mehr mit dem Zeigefinger in die Bibel, sondern ließ die weitaus präzisere Spitze seines Dartpfeils in den Text fallen. Das hinterließ zwar eine Menge Löcher, aber an ihrer Zahl konnte er ablesen, welchen Vers Gott ihm besonders ans Herz legte. So gab ihm der Herr heute diesen Hinweis: *Er gleicht einem Mann, der beim Hausbau in die Tiefe grub.*

»Wenn Du das sagst, wird es gemacht.«

Markus schloss seine Augen und empfing eine Vision: Er sah ein Haus Gottes vor sich, in dem sich sein Vater wohlfühlen wird. Als prächtiger Anbau ans Elternhaus, dorthin, wo jetzt noch der Garten war. Else wird ihn jammernd opfern müssen, sie liebte ihn zweifellos zu sehr. Eine richtige Kapelle mit Taufbecken und bunten Fenstern wird das werden, selbst das Fenster wird er eigenhändig gestalten. Blau. Gelber Sonnenstrahl. Ein Künstler wird er sein, wie gut, dass Lukas fort war, sein Vater würde staunen. Markus öffnete wieder seine Augen und atmete durch. Er wollte anders sein als die Vielen, die da wimmelten. Die liebten und aßen und verdauten und arbeiteten und Vorgärten bestellten und Autos wuschen oder abhauten. Gott brauchte ihn, endlich würde sein Leben gut.

Als Johannas Tage vorbei waren und der Sonntag kam, zog sie sich ein Kopftuch über und setzte sich schweigend im Gottesdienst in die erste Reihe. Als die Zeit gekommen war, stand Johanna auf und stellte sich vor die Gemeinde. Alle staunten und sahen mit großen Augen zu, was Johanna jetzt tun würde.

»Brüder und Schwestern, ich möchte Zeugnis ablegen von meinem Herrn Jesus Christus, der mich errettet hat.«

Ihr Vater atmete auf, seine Tochter bekannte sich, im besten Fall würde darauf endlich wieder einmal eine Taufe folgen: »Halleluja, amen. Sprich, mein Kind. Der Herr ist bei uns, Seine Herrlichkeit erfülle diesen Raum, gib Zeugnis von der Güte deines Herrn.«

»Ich bin es nicht wert, Seine Schuhe hinter Ihm herzutragen. Ich habe eine wunderbare Familie, die mich in Ehrfurcht vor Gott erzogen hat, besonders mein lieber Vater, der Prediger dieser Gemeinde ist. Doch heute muss ich vor euch meine Schuld bekennen. Ihr sollt wissen, dass mein Vater mich immer gelehrt hat, was Gott von uns verlangt. Und wenn ich nun sündig geworden bin, so ist das nicht seine Verfehlung, sondern einzig und allein meine.«

Johannas Stimme versagte, Furcht drückte auf ihren Kehlkopf, sie neigte den Kopf und presste mit aller Kraft ihr Geständnis heraus: »Ich war unzüchtig, ich habe einen Mann, der von der Welt war, und ...«

Der Vater und der Älteste der Gemeinde blickten sich kurz an, die Aufgabenverteilung war klar. Der

Vater hatte als Angehöriger zu schweigen, der Gemeindeleiter stellte sich neben Johanna und legte seinen Arm fürsorglich um ihre Schulter.

»Johanna, was du bekennst, ist schwer. Und mutig. Du weißt dich bei uns in Gottes Hand, so sprich alles aus, auf dass der Teufel keine Macht mehr haben wird über dich. Sprich. Ich halte dich an der Gemeinde statt.«

Da endlich begriff Else, in welcher Situation sich Johanna befand. Sie versuchte eilig dazwischen zu gehen, zupfte den Prediger am Ärmel und schüttelte heftig den Kopf.

»Unsere Else bittet, das Kind zu schonen«, sagte der Vater, »soll es bekennen, aber geschützt, von zwei Zeugen gehört, nur nicht so, in aller Öffentlichkeit.«

Doch ausgerechnet Johanna, die sich nach Bestrafung und Demütigung sehnte, bezahlen wollte, bat eindringlich, vor der Gemeinde bekennen zu dürfen. Den Anwesenden stand die Vorfreude an einer anstößigen Aufklärung ins Gesicht geschrieben. Else packte Johanna, zerrte sie aus dem Raum, weg von diesem Tribunal, doch Johanna schüttelte sie ab.

Die Gemeindeleitung verfügte, alle getauften Mitglieder unter achtzehn sowie anwesende Gäste der Gemeinde zu bitten, den Raum zu verlassen. Der Brunnen war zu säubern. Kein Lied wurde mehr angestimmt. Es hätte ja sein können, dass der Delinquentin unterdessen der Mut abhanden kam. Else hatte mit den Kindern und Gästen den Raum verlassen, sie konnte diese öffentliche Erniedrigung nicht ertragen.

Dann begann die Befragung: »Du warst also unzüchtig, du hast einen Mann, der von der Welt war ... was ist geschehen?«

»Ich wollte ihn zuerst nicht anfassen, nur war das alles doch so schön.«

»Was war schön, Kind? Was genau?«

»Wie er mich an die Wand gedrückt hat. Und seinen Körper auf meinen gelegt. Ich habe ihn gefühlt, auch das, was ich noch nie gefühlt hatte. Er hat mich begehrt, das konnte ich spüren.«

»Wo?«

»An meinem Bauch.«

»Über dem Nabel, drunter?«

»Als wir an der Wand standen, über dem Nabel.«

»Und später?«

»Als ich lag, unter dem Nabel.«

»Wo hast du gelegen?«

»Er hat mich in sein Bett gelegt.«

»Hast du denn Gottes Wort vergessen, in dieser Stunde?«

»Er hatte mich klar ermahnt, rein zu bleiben. In letzter Minute. Doch ich habe mich von Ihm abgewandt.«

»Und der Mann?«

»Er hat sich mir zugewandt.«

»In welcher Art?«

Johanna suchte verlegen nach Worten, die man benutzen konnte, ohne sich dafür schämen zu müssen: »Er hat mich sauber gemacht, wie eine Katze es tut, die sich nach einem Spaziergang im Regen vor dem Ofen putzt.«

Der Atem der Brüder und Schwestern wurde schwerer. Eine Woge süßlichen Schweißes quoll aus den Poren aller Zuhörer und erfüllte die Kapelle wie katholischer Weihrauch, Begierde strömte durch den Raum wie sonst die Bitternis.

»Bist du denn wahrhaftig in den Regen gekommen wie eine kleine Katze?«, fragte der Gemeindeleiter zittrig.

Johanna nickte. Atemlos war die Gemeinde nun, hatte rote Köpfe in der Hitze. Nun streckte das Mädchen, ohne aufzuschauen, ihre rechte Hand aus. Formte sie, als halte sie etwas kleines Kostbares darin: »Ich habe mich eingecremt mit ihm.«

Halleluja, dankten die Verklemmten, das war das Beste. Dieser Gottesdienst hatte sich gelohnt. In der Kollekte dieses Tages lagen mehr Scheine als Münzen.

Ihr Vater war wie ausgewechselt: Er kochte seiner Tochter Tee, löffelte ihr eigenhändig Hühnersuppe in den Mund, verbat sich jeden Blumenkohl im Haus. Ja, zu guter Letzt, weil kein Choral das Kind trösten konnte, den er ihr sang, und sie keinen Frieden im Gebet fand, nur weiter und weiter weinte, nahm er einen Hinweis von unserer Else auf und schickte sie mit Geld ins Kaufhaus.

Am Abend kam er mit einer Einkaufstüte ins Zimmer und legte seiner traurigen Tochter einen Mantel über die Schulter, wahrhaftig einen mit Fellimitat und bunten Indianerstickereien. Dann steckte er ihr einen goldroten Ring an den Finger. Johanna hörte endlich auf zu weinen, sie legte ihren Kopf an seine Brust. Er hielt sie geborgen, streichelte ihr Haar und war, was er so selten zeigen konnte: ein zärtlicher Vater.

15 24 Er sprach: »Meine Tochter war tot und ist wieder lebendig geworden, sie war verloren und ist wieder gefunden wor-

den.« Und sie fingen an, fröhlich zu sein. 25 Als sein ältester Sohn sich aber dem Haus näherte, hörte er Musik und sah seinen Vater tanzen. 26 Er rief Else herbei und fragte, was das sei. Die aber zeigte ihm den Mantel und berichtete vom Ring. 27 Da freute sich Markus auf sein Haus, denn dann wird auch er mit Ring und Mantel geehrt.

Es sollte Johannas zweiter Geburtstag werden, ein Festtag für die Täufer, im besten Kleid und schwarzem Anzug marschierten die Gläubigen durch den Stadtwald und sammelten sich am Ufer des kleinen Weihers zum Gottesdienst.
Schaulustige waren mitgekommen aus Schulen und Vereinen, der Nachbarschaft. Die Herbstsonne ließ die Wasseroberfläche glitzern, aber sie vermochte kaum mehr zu wärmen, die Luft blieb frisch. Letzter Morgennebel stand noch über dem Gras.
Else beobachtete einen fremden Mann, der einen roten, etwas kantigen Wagen am Wegesrand parkte und ausstieg. Er war sehr elegant gekleidet. Sein Autokennzeichen wies darauf hin, dass er von der Ahr stammte. Wie die andern machte er sich auf den Weg zum Weiher. Else vermutete, dass ihn jemand eingeladen haben musste.
Sie ging neugierig auf ihn zu, reichte ihm die Hand und schaute ihm, wie es ihre Art war, intensiv ins Gesicht und auf die Lippen und fragte: »Was für ein schönes Auto ist das?«
Der Fremde lächelte charmant, er neigte seinen Kopf zum Gruß und antwortete, als sei er mit Elses Behinderung seit Langem vertraut, mit langsamen,

deutlich ausgesprochenen Worten: »Das ist ein italienisches Auto, es heißt Alfa Romeo Giulia.«

Else nickte, Auto hatte sie verstanden, wie es genau hieß, war ihr mehr oder weniger egal. Seine Augen berichteten ihr von seinem zu weichen Herz.

Markus ging zu seinem Vater, der vor der Zeremonie die Gäste zu begrüßen hatte und jemanden zu suchen schien, und sagte: »Ich werde dir ein Haus bauen.«

Sein Vater fragte kurz angebunden zurück: »Was hat das jetzt mit Johanna zu tun?«

Markus biss auf die Lippe und schwieg.

»Was ist der erste Schritt zum neuen Gotteshaus?«, wandte er sich an den polnischen Melker, den er in seine Pläne eingeweiht hatte.

Der grinste: »Eine Maurerlehre wirst du machen müssen. Wenn du in diesen Jahren die Hälfte deiner Ernährungskosten für den Bau sparst, gehört der Beton schon dir. Ich lege das drauf, was ich bisher versoffen habe. Den Rest erbittest du vom Herrn und der Gemeinde.«

Der Vater trat zum Ufer des Weihers. Johanna war an diesem Tag der einzige Täufling, sie trug ein weißes Baumwollkleid, das bis zum Boden reichte. Der Fremde stand nah am Ufer und bewunderte den stattlichen Prediger im schwarzen Talar, der zuerst ins Wasser stieg. Lediglich Else nahm wahr, dass die beiden Männer sich mit einem kaum zu erkennenden Nicken grüßten.

Auf ein Zeichen des Predigers trat sein Mädchen zu ihm hin. Das Wasser war kühl, das Taufkleid blähte sich auf und schwamm wie eine Blase auf dem Wasser.

Ihr Vater legte ihr seine linke Hand an den Rücken, die rechte auf ihren Kopf und segnete sie: »Sooft du durchs Wasser gehst: Ich bin bei dir; und durch Ströme: Sie sollen dich nicht überfluten! Fürchte dich nicht, du bist mein!«

Er tauchte sie rücklings ins Wasser und hielt sie kurz so. Als Johanna sich ganz darin verschwimmen sah, vermisste sie, so schwer doch alles war, ein Kind von Rob.

Eine Straßenkreuzung, es ist vormittags.
Johanna kommt mit einem Baguette aus einer Bäckerei, Er balanciert zwei große Teller mit verschiedenen italienischen Vorspeisen aus einem Delikatessenladen und stellt sie auf einen Campingtisch, der neben ihren Stühlen steht. Johanna holt Besteck aus ihrer Jackentasche, Er kramt nach Servietten in der Innentasche seines Anzugs. Beide decken den Tisch.

JOHANNA Ich begreife nicht: Als ich im Schnee lag, als Kind, warst du so lieb zu mir. Und dann, nach Rob, so gemein. Weshalb bist du mal so und mal anders?
ER Weil du es nicht anders denken kannst.
JOHANNA Du bist bloß, was ich denke?
ER Mehr ...
JOHANNA Und wenn ich nicht an dich denke, bist du nicht?
ER ... oder weniger.

Sie setzen sich beide, nehmen von den Vorspeisen auf ihre Teller und beginnen zu essen.

JOHANNA Weshalb diese Mütze?
ER Ist sie nicht süß?

JOHANNA Sie passt nicht zu einem erwachsenen Mann.
ER *grinsend* Bin ich ein erwachsener Mann?

Johanna tippt sich an die Stirn, im Sinne von: Du spinnst doch, muss aber doch lächeln. Er registriert das und freut sich. Die Atmosphäre zwischen den beiden verbessert sich zusehends.

ER Ich trage diese Mütze, damit du dir alles besser vorstellen konntest.
JOHANNA Was vorstellen?
ER Na, damals zum Beispiel, dass die Mütze deinen Vater finden kann. Dass ich mit der Mütze alles kann, alles sehe und weiß. Etwa, dass du Frutti di mare magst und keine Salami willst.
JOHANNA Ich möchte auch mal alles wissen, können und sehen. Gib mir die Mütze, einmal nur.
ER Nein.
JOHANNA Gib sie mir.

Johanna steht auf, kommt Ihm näher, will sie Ihm vom Kopf reißen, Er springt vom Stuhl auf und läuft davon, kann ihr ausweichen, sie verfolgt Ihn weiter, sie jagen über die Kreuzung, um Autos herum, in ein Café hinein, aus einem Geschäft heraus, zurück auf die Straße, bis Johanna sie zu fassen kriegt und sich aufsetzt.
Er stürzt hinzu und hält ihren Kopf, sodass sie sich nicht rühren kann, sondern Ihn ansehen muss.

JOHANNA Nicht so fest, das tut weh. Es ist doch nichts, nichts ist anders. Bis auf?

Johanna schaut Ihn genauer an, studiert Sein Gesicht.

JOHANNA   Du bist schön. Wunderschön!

Sie strahlt Ihn an, Ihm stockt der Atem, Er nimmt die Mütze und zieht sie ihr vom Kopf. Erleichtert setzt Er sich schwer atmend zurück in Seinen Campingstuhl. Hält die Mütze in Seiner Hand auf dem Schoß. Johanna folgt Ihm, setzt sich.

JOHANNA   Was, wenn ich nicht dich ansehe, sondern herumschaue, was sehe ich dann?
ER   Wenn du in das Gesicht eines gewöhnlichen Menschen siehst, wirst du verrückt.
JOHANNA   Weshalb?
ER   Es ist schrecklich. Glaub mir das.
JOHANNA   Du bist nicht schrecklich.

Ihre Blicke finden sich, ihre frühere Vertrautheit wird spürbar.
Johanna zögert, denkt weiter.

JOHANNA   Ich bin schrecklich.

Er lächelt und wiegt den Kopf hin und her, im Sinne von: na ja, nicht so schlimm.

ER   Wenn du mit Mütze in einen Spiegel schaust, wirst du sehen, was werden wird, wann du stirbst und wie. Du kannst in deine Seele schauen, so tief, wie du dich selbst nicht kennen willst. Du siehst die Bestie in dir, die morden kann. Willst du diese Mütze immer noch?

Johanna lächelt Ihn an und schüttelt ihren Kopf.

JOHANNA   Du kommst damit zurecht?

Da schaut Er zu ihr, macht Faxen, als habe Er eben den Verstand verloren, zuckt und zappelt. Sie muss darüber lachen. Beide essen, schweigen eine Weile, Johanna ist in Gedanken versunken.

JOHANNA   Ich erinnere mich kaum an früher. Da war mal ein Trompeter im Gottesdienst, der war sehr laut. Und mein blauer Rock mit Rüschen, den mir Mama genäht hat. Kurz danach hab ich den Rock zur Trauerfeier getragen.

Johanna verschlägt es die Sprache, sie schluchzt. Sehnsüchtig schaut sie Ihn an.

JOHANNA   Ich möchte sie wiedersehen.
ER   Einverstanden. Aber nicht mit Mütze.

Er steht auf, geht in ein weiteres Geschäft, schleppt einen Fernseher her und stellt ihn neben den Campingtisch auf eine Obstkiste, geht zurück in den Fernsehladen, bringt einen Videorekorder und baut ihn auf. Aus Seiner Hose baumeln verschiedene Kabel. Sie beobachtet, dass Er große Mühe hat, die Anschlüsse und Kabel richtig zusammenzustecken. Schließlich zieht Er eine Videokassette aus Seiner Anzugtasche und steckt sie ein.

JOHANNA   Weshalb hast du das alles nicht auf DVD gespeichert oder andern Datenträgern?

ER *aufgebracht* Ja, beschwerst du dich jetzt auch noch?
JOHANNA Ich frag ja nur.

Die Kassette startet, beide setzen sich vor den Bildschirm.

JOHANNA Von wann ist die Aufzeichnung?
ER Ende der fünfziger Jahre.

Staubige Straßen, noch offene Kanalisation, Wintermantel mit Fischgrätenmuster, eine junge Frau geht spazieren mit zwei kleinen Jungen an ihrer Hand, dicker Bauch, sie ist wieder schwanger. Schnitt.
Zwei schmale Handflächen verteilen Babyöl und legen sich behutsam auf einen winzigen Körper, massieren den Rücken, den kleinen Po, drehen das Kind, massieren den Bauch, die Beine, Arme und streicheln schließlich das Gesicht des kleinen Mädchens mit den schwarzen Augen. Es rekelt sich unter diesen Zärtlichkeiten. Das Gesicht von Johannas Mutter nähert sich der Kleinen, küsst sie auf den Bauch, einmal, zweimal. Das kleine Mädchen juchzt vor Vergnügen. Die Kassette stoppt. Johanna schweigt.

ER Es ist dir gut gegangen, siehst du?
JOHANNA Zu kurz.
ER Du siehst das Gute nicht.
JOHANNA *etwas verbittert* Klar, eine Halbwaise mit drei Jahren, und ich sehe das Gute nicht. War sie krank? Wie ist es dazu gekommen? Zeig es mir!

Er schüttelt den Kopf.

JOHANNA   Hat sie Selbstmord begangen?
ER   Aber nein! Müdigkeit war es wohl, Unachtsamkeit kam dazu, schon ist das irdische Leben dahin.
JOHANNA   Wie genau ist es passiert?
ER   Sie ist über die Straße gegangen, war vielleicht in Gedanken. Und ist von einem Auto erfasst worden.
JOHANNA   Wo genau?

Er reckt hilflos die Hände in die Höhe, Er wollte nicht darüber sprechen, nun kann Er nicht mehr zurück.

ER   Ja, hier!
JOHANNA   Genau hier. War sie allein?

Er schüttelt den Kopf.

JOHANNA   Wir alle drei? Ich hab das mit angesehen?
ER   Nur Markus.
JOHANNA   War er in Gefahr?

Er nickt. Johanna schlägt erschrocken die Hand vors Gesicht. Erst nach einer langen Pause spricht sie weiter.

JOHANNA   Manchmal wiederholen sich solche Dinge.
ER   Bis sie gelöst sind, so oft.
JOHANNA   Ich hätte so gern eine Mutter gehabt.
ER   Das sagen manchmal sogar Leute, die eine hatten.

Johanna scheint diesen letzten Satz nicht gehört zu haben, sie sitzt zusammengesunken in ihrem Campingstuhl, gedankenverloren.

Fünftes Kapitel

Johanna hatte sich angewöhnt, jeden Morgen im Stadtwald betend den Sonnenaufgang zu erwarten, im Winter früher, im Sommer später. Ihr Eifer ragte in der Gemeinde heraus und ließ jeden vergessen, dass sie erst zwanzig Jahre alt war. Sie predigte bereits gelegentlich; eine Weihe oder ein Amt brauchte es dazu nicht, sondern einzig die Gewissheit der Verantwortlichen, dass Er an ihrer Seite war. Die Gemeinde war gewachsen, die jungen Leute hingen an ihren Lippen; was Johanna sagte, wurde getan.

Die Fragen der Welt da draußen lauteten immer: Was mache ich heute? Wozu das alles? Wer liebt mich? Und vielleicht: Wann muss ich sterben, was geschieht danach? Johanna hatte sich diese Fragen seit ihrer Taufe verboten, sie war nicht von dieser Welt, sie hatte nur noch eine Antwort auf alles: Er.

Für Sein Ansehen tat sie alles, sie organisierte das Gemeindeleben, als sei das der Vorort des Himmels: Wer Arbeit suchte, fand sie hier, auf Vermittlung einer Schwester oder eines Bruders. Wer eine Wohnung brauchte, man bemühte sich oder rückte zusammen. Wer Schulden hatte, wer einsam war – Johanna fand eine Lösung, dafür rieb sie sich auf. Sich selbst vernachlässigte sie hemmungslos: Schlief zu wenig, nahm sich keinen freien Tag, bummelte nicht, schwieg nicht, kannte keinen Friseur, hatte keine Lust auf kichernden Unsinn mit Gleichaltrigen, warb um keinen Mann. Als sie achtzehn wurde, hatte Rob ihr überraschend Blumen geschickt. Eine Karte lag bei, auf der einzig sein Name stand. Keine Adresse. Dieses Wörtchen *Rob*, das ihr so lieb war, hatte sie aus der Karte geschnitten und aufgegessen. Auf diese Weise war er ihr nah geblieben.

Auf ihrem Spaziergang vom Stadtwald nach Hause bemerkte sie einen Ameisenhaufen, der rechts vom Waldweg lag. Johanna beugte sich hinunter und sah genau hin: Sie sah kleine Wesen, die zwischen Erdkrümeln krabbelten und wühlten, sich über Steine und winzige Hügel mühten, nach Essbarem suchten und es mit all ihren Kräften ins Haus schleiften oder schleppten. Wie eifrig sie waren, fast so eifrig wie sie selbst.

»Hast Du mir dieses Bild geschickt?«, fragte sie Ihn. »Ist das Dein Wort für diesen Tag?«

Johanna nahm einen kleinen Ast zur Hand, sie kratzte ein wenig am Haufen, nur um etwas hineinsehen zu können. Die kleinen Kammern waren herrlich ausgestattet, der Grundriss elegant. Die Statik des Baus schien ihr vollkommen, aber gebrechlich.

Johanna wollte wissen, wie das Volk reagierte, wenn eine Katastrophe von oben hereinbrach. Vielleicht konnte man daraus eine Predigt formulieren. Nur deshalb stocherte sie mit ihrem Ast noch tiefer hinein, riss größere Löcher. Die Tiere liefen scheinbar ziellos und aufgeregt umher, aber noch folgten sie einem großen Plan und wussten ihre Chancen zu nutzen. Sie brachten ihre kleinen weißen Puppen in Sicherheit und stopften die Löcher in den Wänden und am Dach.

Else hatte an diesem Morgen ihren Weidenkorb genommen, ein Messer und eine Heckenschere. Sie war mit ihrem Fahrrad in den herrlich sonnigen Tag gefahren und hatte auf Wiesen und in Hecken Gräser gesammelt und Margeriten, Efeu und Hahnenfuß gefunden. Daraus band sie einen aparten Strauß, den sie im Gottesdienstraum aufstellen wollte. Von fern sah sie Johanna, die neben dem Weg hockte. Freudig ging sie auf sie zu.

Johanna bohrte mit dem Stöckchen weiter, wo die Ameisen gerade ihre Löcher verschlossen hatten. Sie spürte eine bösartige Lust zu beobachten, wie die Winzlinge ums Überleben kämpften. Erschrocken über sich selbst, warf sie das Stöckchen fort.

Das Böse musste sich, so kam Johanna in den Sinn, ebenso freudig erregen über seine Möglichkeit, nicht nur zu stören, sondern zu vernichten, wann immer ihm danach war. Die Löcher da unten verschlossen sich eben, da hob Johanna ihren Fuß und ließ ihn drohend über dem Bau schweben.

Else traute ihren Augen nicht.

Der Staat könnte mit einem Schlag ausgelöscht werden. Die Bewohner wären bloß noch Überlebende, die weder fliehen noch angreifen konnten und schon gar nicht mit dem Widersacher in Verhandlung treten. Das Böse war zu übermächtig, es kam, wann es ihm behagte. Den Menschen schien vor Unglück alles sinnlos zu werden, sie konnten nur noch um Wunder bitten. So war Er selbst erschaffen worden, dafür war der Gute da. Noch schwebte ihr Stiefel. Johanna war eben im Begriff, in den Haufen zu treten.

Else packte sie blitzartig von hinten im Nacken und schüttelte sie. Johanna zog den Fuß zurück.

Mit wütenden Augen blitzte Else sie an, deutlich empört: »Hast du Verstand verlor'n?«

Elses Stimme überschlug sich, vor Empörung und Wut fand sie eben ihre Worte nicht, die sie sonst so sorgsam formte. Aber zu Johannas Erstaunen schimpfte Else wortlos kräftig weiter, mit Gebärden: der Ameisenhaufen. Ja, ich verstehe. Kleine Tiere. Himmel, Geschöpfe Gottes, ja. Johanna versicherte ihr, sie habe die Tiere nicht quälen wollen. Und behielt für sich, dass Else eben nichts von bedingungsloser Hingabe verstand; nichts von jener Radikalität, die eine Nachfolge manchmal brauchte. Seit zwei Jahren lebte Else schon nicht mehr in der Familie. Johanna hatte die innige Verbindung zu ihr verloren, obwohl sie beide weiter gemeinsam im Gottesdienst saßen.

An einem Novembertag Anfang der sechziger Jahre war Elses Mann gestorben, ein schwermütiger Laubenpieper, der das Grauen seiner Soldatenzeit täglich vor Augen und nachts im Traum vor sich sah. Else begrub damals einen halben Mann, andere Teile seines Körpers waren zuvor in Griechenland geblieben: sein linker Arm, das Augenlicht und vor allem der Verstand.

Ein Granatsplitter war all die Nachkriegsjahre im Kopf umhergewandert, bis er plötzlich eine Ader kratzte – der Tod kam so schnell wie ein Schuss.

Nur drei Monate zuvor war Susanna tödlich verunglückt. Heinrich hatte Else damals nicht gebeten zu kommen. Der Herr selbst schien sie vom Laubenpieper getrennt und zum Prediger gesandt zu haben, damit sie sich seiner drei kleinen Kinder annahm. Später, als Else nicht mehr gebraucht wurde, hatte niemand darum gebeten, dass sie ging. Und doch hatte es sich so gefügt; unsere Else war für die Familie Becher ein Geschenk des Himmels gewesen. Aber Heinrich war es nie in den Sinn gekommen, sie dafür weltlich zu entlohnen oder zumindest in ihre Rentenversicherung einzuzahlen.

Else bekam in all den Jahren ihre kleine Witwenrente vom Verband der Kriegsversehrten und lebte bis heute bescheiden davon. Else nahm es hin und bemühte sich, keine bitteren Gedanken aufkommen zu lassen. Selbst wenn sie laut hätte fluchen können, sie hätte keinen Ton gesagt.

Im Alter von zwei Jahren war sie taub geworden, von einem Tag auf den andern; eine Hirnhautentzündung hatte das verursacht. Sie musste lernen, die Worte der Hörenden zu erkennen. Von den Lippen zu lesen blieb ein unvollständiges Rätselraten, Sicherheit hatte sie dagegen beim Aufspüren der Stimmung, Else schaute genau hin und verstand alles.

Mühsam dagegen war es jedoch bisher gewesen, mit anderen Gehörlosen ein flüssiges Gespräch in der Lautsprache zu führen. Das war in den letzten zwei Jahren anders geworden. Else hatte die Gebärdensprache gelernt und plauderte nun geradezu mit den anderen Gehörlosen.

Aus der Gartenkolonie, in der sie wohnte, war ein charmantes Wohngebiet geworden. Else hatte ihre Laube gepflegt und ausgebaut. Leidenschaftlich widmete sie sich Charles Austin, ihrer ersten englischen Rose, die sie für das Schönste hielt, was es auf Erden gab: aprikosenfarbig mit Gelb- und Rosatönen und sehr starkem, fruchtigem Duft. Beim Anblick ihrer herrlichen Blüte fühlte sich Else ermutigt, zum Friseur zu gehen. Dort ließ sie sich ihre rotblonden Haare, die sie zeitlebens am Hinterkopf geknotet hatte, kurz schneiden und ein wenig Gold hineinfärben.

So saß sie genüsslich im Schatten ihres Kirschbaums und beschäftigte sich mit der Lösung eines Kreuzworträtsels. Bis ein neuer Nachbar an ihrem Zaun erschien.

Ein großer Kerl war das. Sah aus, als würden seine krausen grauen Haare und der struppige Bart, wenn überhaupt, mit der Heckenschere gestutzt. Else war sich sicher, ihn schon mal gesehen zu haben, aber es fiel ihr nicht mehr ein. Wegen dieser bohrenden Frage schaute sie öfter zu ihm hinüber, als es bei einem Fremden angebracht war. Er lächelte sie daraufhin so breit an, dass Else aprikosenfarbig anlief und stark duftete.

Für die hörenden Nachbarn war der Neue eine Zumutung: Er musste etwas an den Stimmbändern haben. Der Mann donnerte sein Begehren frei über den Zaun heraus, statt mit Else in vernünftiger Lautstärke zu sprechen; die Kleingärtner brachte er damit zur Verzweiflung.

»Knippel mein Name, Theo Knippel!«, brüllte er und winkte. Die erste Frau, die sich an seiner Lautstärke nicht störte, nicht stören konnte, war die gehörlose Else. Er deutete ihr lächelndes Schweigen als Einladung und wollte ihr partout seine alten Lieder vorspielen. Schleppte seine Lautsprecher an den Zaun und drehte beide auf: *Hört die Signale* hörte sie nicht, in der Kolonie jedoch bebten die Springbrunnen, und die Hunde verkrochen sich.

Als Theo Knippel endlich begriff, dass Else ihn nicht hören konnte, war er entzückt. Endlich mal eine

Frau, die sich nicht an seiner Lautstärke störte! So bat er um Einlass und stellte ihr zuerst einmal die Grundzüge des von ihm geliebten *Kommunistischen Manifestes* pantomimisch dar, natürlich brüllte er dazu. Anschließend beschaffte er Stifte und Dutzende Briefbögen, setzte sich mit ihr unter der Pergola auf die Gartenbank und skizzierte sein bisheriges Leben mit Pfeilen, Kreisen, Worten, Zahlen und Strichmännchen.

Er schlürfte laut sein Bier, aß mit offenem Mund und entsprechendem Schmatzen, scharrte ständig mit seinen Füßen, agitierte und polemisierte beharrlich vor sich hin. Malte hier und zeigte dort auf Karten, bis Else verstand, dass er mit Zigeunern bis Samarkand gereist war. Seitdem könne er hellsehen, für zehn Mark die Stunde. Davon lebe er.

So etwas galt in Elses frommen Kreisen als okkult und schwer verboten. Ihre Neugier aber war größer, sie hatte inzwischen ja auch andere Kreise: Sie würde niemals auch nur einen Pfennig für diese Gottlosigkeit zahlen, jedoch …? Was sah er denn so?

Theo setzte sich aufrecht hin, legte die Handflächen auf die Tischplatte, schloss die Augen und konzentrierte sich. Ein stiller Moment, die Nachbarn atmeten auf. Dann nahm er seinen Stift und schrieb:

Erstens. Der Sozialismus wird einen Siegeszug erleben, die Völker werden von der Knechtschaft des Kapitals befreit.

Zweitens. In Deutschland wird die Mauer fallen, das Land wird wiedervereinigt und von einer Generalsekretärin aus Rostock regiert. Else notierte dazu: *Sie haben nicht alle Tassen im Schrank!*

Aber Theo ließ sich nicht aus der Stimmung bringen.

Drittens. In naher Zukunft werden Lieder nicht mehr gesungen, sondern gesprochen.

Viertens. Ich sehe junge Männer auf der Straße, die farbige Kleckse im Haar tragen.

Else schüttelte sich vor Lachen. Ihr gefiel Theo Knippel mehr und mehr. Else machte ihm klar, dass auch sie die Zukunft sah, und schrieb:

Fünftens. Knippel geht in einen Gottesdienst. Worauf Theo nach Elses Notiz griff, ihren Satz *Sie haben nicht alle Tassen im Schrank!* dreimal rot unterstrich und zu ihr hinüberschob.

Dabei lächelte er. Die Augen zusammengekniffen, überwältigend fröhlich sein Blick.

So erhörte ihn eine Gehörlose. Es begann nicht mit einem innigen Kuss, die beiden ließen sich dafür viele Monate Zeit.

Wieder stand Johanna frühmorgens im Stadtwald, diesmal am Ufer des kleinen Sees. Die Beine etwas ausgestellt, Knie leicht gebeugt, beide Arme ausgebreitet, die Handflächen nach oben geöffnet. Sie fühlte leichten warmen Wind auf ihrer Haut, hörte ein Entenpaar schnattern, Buchenblätter rauschten, ein Specht klopfte. In einiger Entfernung bellten Hunde. Sie atmete tief ein und aus, lauschte nach den leiseren Tönen. Horchte dem Luftstrom nach, der ihre Lungen füllte. Noch leiser, bat sie. Eine Maus huschte. Bienen schlürften Nektar, jemand melkte die Blattläuse, und ein junger Schmetterling riss eben seinen Kokon auf.

Es war ein Erwarten in ihr, als würde jeden Moment eine wichtige Nachricht eintreffen. Dann ein entferntes Bimmeln und Läuten, Schienen zogen sich wahrhaftig durch dieses Idyll, ein leichtes Vibrieren war unter ihren Füßen zu spüren. Ein schwerer Güterzug fuhr hier durchs Grüne auf seinem Weg von einem Kölner Hafen zum anderen. Schwer beladen schob er sich jetzt dreißig Meter hinter Johannas Rücken langsam am See vorbei. Seltsam unwirklich, mehrmals täglich, dieser Güterzug im Grünen. Johanna öffnete ihre Augen und betrachtete die Wasseroberfläche, auf der Blätter lagen, Entenfedern schwammen, vereinzelte kleine Fische sprangen. Das schwere Gewicht des Zuges, sein gleichmäßiges Ruckeln ließen den See erzittern. Der stille Tümpel schien zu beben, als hätte jemand tausend kleine Steine gleichzeitig hineingeworfen. Johanna versenkte sich in dieses Bild, das ihr der Himmel sandte, und ließ diesen Zug durch ihren Körper fahren. Sie wollte Ihm heute noch näher sein als sonst: »Deine gewaltige Größe rolle heran und lasse mich beben vor Kraft.«

Er kam wahrhaftig, zeigte sich aber nicht, sondern stellte sich hinter sie, nahm Seine Mütze vom Kopf und setzte sie ihr vorsichtig auf, nur für diesen kurzen Moment. Hielt dabei ihren Kopf in Seinen Händen geborgen und flüsterte zärtlich in ihr Ohr: »Sei vorsichtig damit, sonst zerreißt es dich.«

Seine Energie, so kam es Johanna vor, zog ihren Körper in die Länge, als wachse sie über die Baumwipfel, und in eine Breite, als könne sie mit riesigen Händen Eichen pflücken.

Ihre eben noch harmlos erscheinende religiöse Betrachtung wurde zum Thriller, alles war möglich: Innere Bilder zeigten sie selbst auf einer Leinwand kurz vor elf Uhr am Vormittag. Johanna putzte gerade die Fenster, als sie aufhorchte und den Lappen beiseite legte. Sie ließ sofort alles stehen und liegen, vergaß den Hausschlüssel und lief vor die Tür. Sie fand ein ihr unbekanntes Ziel, als sei ein Kreidestrich auf der Straße gezogen, dem sie leicht folgen konnte.

Das Fenster im fünften Stock stand offen, Passanten waren auf dem Bürgersteig zusammengelaufen und glotzten neugierig nach oben. Ein lauter Streit war in vollem Gange, ein Kopf wurde herausgehalten, eine Frau lag mit dem Rücken auf dem Fensterbrett, ihre langen Haare flatterten im Wind. Über ihr lehnte ein Mann und würgte sie. Das Publikum schrie auf, wich zurück, rief nach Polizei und Sprungtuch.

Das Opfer fiel herab, Johanna stand in letzter Sekunde bereit und fing die Frau auf. Ihr eigener Leib schmetterte unter der Geretteten auf den Asphalt.

Vorhang zu, Atemholen, Knochen flicken, weitermachen.

Johanna öffnete eine Wagentür, reichte der verzweifelten Geisel die Hand und führte sie behutsam heraus, setzte sich an ihrer statt neben den Verbrecher, der nun ihr die Pistole an die Schläfe hielt. Nach einer zweistündigen Irrfahrt stieß er sie kurz vor der Grenze aus dem Wagen.

Die Türkin im Kreißsaal schrie auf, ihr fehlten die letzten entscheidenden Kräfte. Johanna lieh ihr den Atem, presste mit. Sie stützte den Rücken, streichelte den Kopf, führte die Hand der Hebamme und half dem Kind, bis es in die Welt hinausglitt. Die Retterin brauchte keine Pause, denn das Auto vor ihr überschlug sich mehrere Male, dann brannte es lichterloh. Johanna lief beherzt hinzu, riss die verkeilte Wagentür auf und zog den jungen Mann hinter dem Steuer hervor. Schleppte ihn einige Meter weiter, er atmete nicht mehr. Also legte Johanna ihre rechte Hand auf seine Brust, die Linke streckte sie in den Himmel. Ein Schock schlug durch ihren Körper in den Brustkorb des Bewusstlosen ein. Einmal, zweimal, dann war er wieder da.

So weit wollte Johanna gehen, noch viel weiter: Wie viele Kinder starben an Hunger, wie viele Unschuldige saßen in Kerkern, wie viele Soldaten verloren ihr Leben, die Erde versank in ihrem eigenen Dreck, und die Herrschenden suchten ihren eigenen Vorteil. Wo war das Reich Gottes auf Erden, wenn es nicht in ihr selbst begann? All das tun, was Er getan hätte. Ihm nah sein, gleich werden, Geist von Seinem Geist, Fleisch von Seinem Fleisch. Johanna nahm Seine Worte sehr ernst.

Sie hatte im Schatten eines Baumes eine karierte Decke ausgebreitet. Der Picknickkorb war gefüllt mit Wein, Käse und Brot. So lag sie an Seiner rechten Seite, aß vom selben Brot wie Er, trank mit Ihm aus einem Glas.

Er zog ein kleines Päckchen aus der Tasche und reichte es ihr. Sie setzte sich auf und strahlte Ihn an: »Für mich?«

Er nickte kurz und lächelte. Zupfte ein paar Weintrauben vom Stängel, steckte sie sich in den Mund und genoss ihre freudige Erregung.

Johanna zog die rote Schleife auf, öffnete die kleine Schachtel und schaute hinein: »Ein Sopran! Wie lieb von dir.«

»Probier ihn mal aus, bitte. Ich möchte ihn so gern hören.«

»Jetzt gleich? Hier?«

»Ja, bitte.«

Johanna legte sich also die neue Stimme an und sang. Kräftig und klar, ohne Schnörkel. Und Er hörte, was Er geschenkt hatte. Und es war richtig gut.

Begeistert drehte sie sich zu Ihm um: »Stimmst Du mit ein? Was singst Du? Bass, Tenor oder Bariton?«

Er schwieg.

»Möchtest Du nicht singen?«

Diese Frage schien Ihm unangenehm. Sie stand vor Ihm, Er lag auf der Decke, auf Seinen rechten Ellbogen gestützt, das rechte Bein ausgestreckt. Sein Gesicht hatte sich verfinstert.

»Ich kann es nicht«, gestand Er.

Johanna schaute Ihn mitleidsvoll an, Er schien sich nach Veränderung zu sehnen. Und sie streckte ihre Hand langsam nach Ihm aus.

Er zauderte kurz, dann hob Er seine Hand, bis Er fast ihre Fingerkuppe berührte. Schließlich ergriff Er ihre Hand und umschloss sie. Zog sie zu sich herunter, liebkoste mit den Lippen ihr Gelenk, die Knöchel, den Puls. Dabei wimmerte Er leise, als würde Ihn menschlicher Schmerz quälen.

»Ich habe eine Bitte«, Seine Stimme war belegt, Er räusperte sich verlegen: »Nichts liegt mir ferner, als zu weit zu gehen, versteh das richtig. Aber«, Er wies auf ihren Ausschnitt: »Ich habe es erschaffen und weiß nicht mal, wie es sich anfühlt.«

»Das?«

»Ich hatte mir damals nur gedacht, das könnte was Herrliches sein.«

Johanna lächelte Ihn an, öffnete ihre Bluse.

Er streckte Seine Hand aus und berührte so sacht ihre Brust, als sei sie gläsern. Dann seufzte Er: »Ich wünschte, ich wäre ein Mensch.«

Johanna lächelte Ihn an. Strich mit ihrer Hand durch Seine Haare am Hinterkopf und zog Sein Gesicht zu sich heran. Liebkoste mit ihren Lippen Seine Augenlider, die Nase, das Kinn. Hielt inne, beide spürten den Atem des andern auf der Haut. Johanna wollte Ihm die Wahl lassen, es gab noch ein Zurück. Er küsste sie endlich.

In jedem nächsten Moment tat Er haargenau das, was sie sich eben erst wünschte, ohne darum bitten zu können. Niemals hätte sie zu formulieren gewagt, was ihr lieb war, wo sie spürte, welche Worte sie dabei ersehnte. Wann sich ein fester Griff behutsam anfühlte oder eine hauchzarte Berührung sie taumeln ließ. Die Zeit war vergessen, ihre Körper ließen sich verwechseln, einer hatte den anderen mit allen Gaben, über die nur Liebende verfügen, beschenkt.

Lange hielt Er sie mit beiden Armen eng umschlungen; niemals wieder sollte Johanna einen Platz finden, an dem sie so verbunden war wie hier, dicht an Seiner warmen feuchten Haut.

Irgendwann fragte sie Ihn: »Wie heißt Du?«

»Mein Liebes«, lachte Er und berührte zärtlich mit Seinem Finger ihre Nasenspitze. »Jetzt gehst du etwas zu weit!«

Er stand auf, richtete Seine Kleider, ordnete Sein Haar. Küsste ihre Hand und ging davon.

Es war bereits kurz nach sieben, sie war zu spät zum Frühstück erschienen. Johanna begrüßte ihren Vater am Esstisch mit einem Kopfnicken, Markus las schweigend in der Zeitung. Vor dem Essen beteten sie laut am Tisch; konnten sich so über das Gespräch mit Gott einander zuwenden. Den Kopf geneigt, die Augen geschlossen, Markus an Heinrich: »Großer Gott, nimm Dich der Magenschmerzen des Vaters an, hilf ihm durch diesen Tag und stärke Du ihn.«

Der Vater an Johanna: »Herr, wie wunderbar hast Du meine Tochter in Deinen Dienst gestellt, segne ihre seelsorgerlichen Gespräche an diesem Tag.«

Johanna an Markus: »Lieber Vater im Himmel, segne und behüte Markus bei seiner Arbeit, und schenk ihm weiter Freude daran.«

Amen. Kopf hoch, Augen auf, betretenes Schweigen. Drei Einsame an einem Tisch, die Ihn brauchten, um miteinander zu sein, so war das.

Markus kannte keine Eskapaden, zeigte keine Auffälligkeiten, erledigte die Notwendigkeiten, konnte kochen und arbeitete auf seiner Baustelle. Er war eines der neunundneunzig Schafe, die nicht ausbrachen und verloren gingen. Ihm wäre sogar lieber gewesen, als Schaf loszuziehen, seinen Hirten zu hüten.

In seinem zweiten Lehrjahr war er Augenzeuge gewesen, als ein Betonwagen gegen das Baugerüst fuhr, weil der Fahrer versehentlich den Rückwärtsgang eingelegt hatte. Drei Dachdecker stürzten ab und schlugen alle zugleich mit dem Kopf auf. Deren Verwandte waren zunächst erstaunt über den glimpflichen Ausgang, die Handwerker schienen mit einer kräftigen Gehirnerschütterung, Beulen und Brüchen davongekommen zu sein. Doch was sich erst nach und nach vollends zeigte, war eine ausgeprägte, unerhört fröhliche Blödheit. Die kichernden Männer konnten nicht mehr auf eine Baustelle geschickt werden. Die Familien waren nun doch beunruhigt, die Betroffenen dagegen schienen an ihrer Einschränkung nicht zu leiden, im Gegenteil: Vollständig erhalten blieb ihre Körperkraft, ihre Vorliebe für schamlose Witze und Bier aus Flaschen. Und da sie nicht mehr denken konnten, waren auch ihre Sorgen verschwunden: Der Geselle vergaß den Namen seiner zänkischen Frau, der Meister kam nicht mehr dahinter, was ein Finanzamt war, und der Lehrling hatte endlich Zeit, Gitarre zu üben.

Sie wurden alle drei in ein Heim für geistig Behinderte geschafft und arbeiteten dort in der Buchdruckerei.

Niemand ahnte, dass sie vor der Drucklegung alle Schriften irgendwie lasen und miteinander besprachen. Ihre Beurteilungen waren in drei Kategorien eingeordnet: Wertvolle Literatur wie die Speisekarte des Restaurants *Da Nico* bekam die Note: Geht gut. Brauchbare Schriftstücke wie Tafeln zur Verkehrserziehung im Kindergarten: Geht so. Und alle miteinander waren sie sich nach der Lektüre der ersten Seite einer umfangreichen Evangeliumsschrift von Heinrich Becher, die zu drucken und zu binden war, einig: Geht nicht.

Sie druckten dennoch die fünfhundert Stück, wie bestellt. Dann banden sie die Exemplare in einer Kleberpresse. Tage später schienen sie vergessen zu haben, dass es bereits erledigt war, und klebten das Werk noch mal an der andern Seite, und so weiter. Als Markus diese Lieferung abholen wollte und das pathetische Werk seines Vaters als kompakten Backstein sah, spürte er zu seiner Überraschung ein erstes angenehm sündiges Gefühl, die Schadenfreude. Und bat Gott erst eine Stunde später, Er möge ihm diese Lust vergeben.

Heinrich war außer sich, er wollte die Männer zur Rechenschaft ziehen, doch Markus machte ihn darauf aufmerksam, dass es doch nur drei Arme im Geiste waren, die selig waren, denn ihrer war das Himmelreich. Mit Vaters Schrift würde er später eine ganze Innenwand im Keller hochziehen.

Diese drei wurden Markus' Freunde, sie besuchten ihn täglich bei der Arbeit und unterhielten sich während der Essenspausen lebhaft.

Mit allen andern Menschen konnte Markus nur mühsam sprechen, er wirkte in persönlichen Gesprächen nahezu feindselig, in schriftlicher Form jedoch fast euphorisch.

Markus bat deshalb die Gemeinde nicht im Gottesdienst, sondern in einem Rundbrief um eine zusätzliche Kollekte für den Bau des Gotteshauses und, wenn möglich, Sachspenden dazu. Seitdem wurde er versorgt mit Zementsäcken, Kieseln, Steinen oder alten Türen; dieser hatte einen Verwandten im Betonwerk, jener hatte in eine Schreinerei eingeheiratet. Als der Anbau genehmigt war, hob Markus die Erde aus, wo vorher der Garten war, wahrhaftig entschlossen, das Gotteshaus vollkommen allein zu bauen. Er hatte sich einen kleinen Bagger geliehen und grub nun ein breites Loch, hob lange Schächte aus und vertrieb jeden Helfer.

Die Dachdecker durften einmal mit dem Bagger spielen. Als die drei aber jeden Tag wiederkamen und nicht nur mit dem Bagger, sondern auch mit Markus spielen wollten – Karten oder Gummitwist –, wies er sie ab und verbat ihnen den Zugang zur Baustelle. Von da an standen sie fast täglich am Zaun und guckten oder winkten und grüßten, weil sie sein Verbot vergessen hatten.

Johanna erkundigte sich freundlich nach den Fortschritten auf der Baustelle, doch er verbat sich jede Einmischung vonseiten der Familie.

Umso überraschter war sie, als eines Morgens eine Notiz von ihm auf dem Küchentisch lag: *Liebe Johanna, ich überlege mir, ein richtiges Kirchenfenster zu machen, aus bunten Glasstücken, die ich mit Zinn verbinde. Ist das nicht eine wunderbare Idee? Dein Bruder Markus.*

Sein freundlicher Ton hatte sie ermutigt, ihn auf der Baustelle zu besuchen.

Doch wie so oft: Sobald sie ihm gegenüberstand, wurde er schroff: »Stimmt etwas nicht mit mir?«

»Nein, es ist alles in Ordnung mit dir. Ich wollte nur mal gucken.«

»Hab ich etwas an mir, was dir nicht gefällt?«

»Markus, ich bin deine Schwester. Ich dachte, ich könne dir etwas bringen, einen Tee oder ein Eis oder was du willst.«

»Bilde dir bloß nicht ein, du könntest mir helfen.«

»Nein, ich könnte das gar nicht, was du da machst.«

Am nächsten Morgen hatte er anscheinend alles vergessen, wieder ließ er ihr einen Zettel da, auf dem stand: *Liebe Johanna, es war schön, dass du mal auf der Baustelle warst.*

Johanna verstand Markus nicht: Kam sie auf ihn zu, wich er zurück. Wich sie zurück, kam er auf sie zu. Sie ahnte, dass er oft das Gegenteil dessen wünschte, was er sagte.

Markus hatte von der körperlichen Arbeit abgenommen und war schlank geworden, kräftige Muskeln entwickelt, seine Haut hatte ihr teigiges Aussehen verloren, und die klare Luft gab ihm einen frischen Teint – er war ein gutaussehender junger Mann geworden. In den Versammlungen setzten sich immer öfter junge Frauen neben ihn, doch ihm war das unangenehm. Er konnte der Predigt nicht folgen, ihm war manchmal regelrecht übel davon, so setzte er sich lieber weg.

Als endlich der Keller zu Markus' Haus fertig gebaut und die Decke gegossen war, wurde der Gemeinde eine hübsche Fabrikhalle aus rotem Backstein vermacht. In der Gemeindeleitung wurde diskutiert und mit einigen Gegenstimmen entschieden, dass man diese Halle mit wenig Aufwand zu einem geräumigen und hübschen Versammlungssaal umbauen werde.

»Wie erkläre ich das meinem Sohn?«, fragte Heinrich Becher seine Ältesten besorgt. Er spürte nicht, dass es hier nicht gegen Markus, sondern gegen ihn selbst ging.

Einigen Brüdern war ihr Pastor schon lange nicht mehr entschieden genug. Diesen Kräften war sehr recht, dass die Versammlungen bald nicht mehr im Hause Becher stattfinden würden.

In einer abschließenden Gebetsgemeinschaft bat man den Herrn kurzerhand um die richtigen Worte für Markus, doch sein Vater fand sie daheim am Küchentisch nicht.

Johanna deutete das Schweigen ihres Vaters als Kaltherzigkeit, sie schien die Einzige zu sein, die an Markus dachte.

»Das kannst du ihm nicht antun.«

»Die Halle ist groß und kostenlos. Das dürfen wir nicht ablehnen, es wäre zum Schaden der Gemeinde.«

»Markus hatte doch eine Vision, er hatte den Auftrag vom Herrn, einen neuen Versammlungsraum zu bauen.«

»Er wird den Anbau mit den zusammengesuchten Steinen nicht hinkriegen«, bekräftigte der Vater verunsichert.

»Der Keller ist doch schon fertig!«

»Es fällt mir selbst nicht leicht.«

Markus verlor kein Wort über diese Angelegenheit, er räumte schweigend sein Zimmer im Haus und zog in den neuen Keller. Von seinem Plan, ein buntes Kirchenfenster zu gestalten, blieb ein kleines Probestück übrig. Er passte es in eine Luke ein, die er ins Mauerwerk geschlagen hatte, schmal wie eine Schießscharte.

Johanna durfte sehen, wie es bei ihm da unten aussah.

»Aber jetzt möchte ich hier allein sein, ungestört.«

»Ein kurzer Besuch?«, bat sie, »wenn ich mich vorher anmelde?«

Markus schüttelte den Kopf.

»Kann ich mal kurz aufs Klo?«

»Bitte nicht.«

»Etwas Schmutz macht mir nichts aus.«

»Meine Toilette ist meine Toilette, und ich möchte nicht, dass ein anderer draufgeht.«

Markus ließ niemanden mehr in seine Kellerwohnung, er baute auch nicht weiter, die Decke setze Moos an.

Er besuchte die Veranstaltungen der Gemeinde, doch er sprach noch weniger als früher. Das Singen jedoch gefiel ihm noch. Die Lieder, die er sich wünschte, trugen Titel wie *Groß ist die Not* und *Ich bin kein Mensch, ich bin ein Wurm.*

Johanna hatte inzwischen eine Gangart an Seiner Seite gefunden, die an einen Gleichschritt erinnerte. Er zog sie mit, trieb sie an, ließ sie jede Mühe vergessen. Bei Ihm gab es keinen preußischen Stechschritt, mit Ihm war es immer ein feierlicher Auftritt; königliches Schreiten durch ein Tor, hinein in die Stadt. Aber nicht schlendernd oder posierend wie beim Schaulaufen der Filmstars auf rotem Teppich, sondern als betrete man zu zweit das Konferenzgebäude, in dem Er den Vorsitz führte und sie, Johanna, wie selbstverständlich an Seiner Seite war. Johannas Dasein hatte einen Sinn und ein Ziel bis in alle Ewigkeit, sie war erwählt, gehörte dazu, daran bestand für sie kein Zweifel. Wenn es einen gab, fühlte sie ihn nicht. Sie ließ sich keine ruhige Minute, um in solch eine Verlegenheit zu geraten. Deshalb spürte Johanna ihre Schwäche auch nicht mehr oder ihre Sehnsucht nach der Mutter, die nach Rob schon gar nicht oder nach einem anderen Mann. Sie bemerkte nicht, dass sie Erholung brauchte, ein gutes Buch ihr guttun würde – im besten Fall noch Freundinnen, die mit ihr einen Tee im Garten trinken würden ohne Hast.

Das neue Gemeindehaus war mit hellen Polsterstühlen ausgestattet, das Harmonium einer kleinen Orgel gewichen. Wer vorher noch einsam in der Straßenbahn saß und starr aus dem Fenster blickte, wurde am Eingang der Kapelle von ihrem Vater mit einem freundlichen Händedruck beschenkt. Wer vorher gelogen und betrogen hatte, musste sich hier nicht mehr abschleppen mit seiner Bosheit. Johanna reichte der Einsamen ein Liederbuch und führte den Betrüger zu einem freien Platz, der Ablauf des Gottesdienstes war vorgegeben, die Lieder leicht. Ein Aufatmen war zu hören, ein erstes Lächeln zu sehen. Das sollte nicht lange dauern.

Heute predigte der Vater nämlich vom Ende der Welt, das näher kam, je weniger Freude er an ihr hatte. Die Zeichen der Zeit waren Hagelschlag, Überschwemmungen, Hungersnöte und Erdbeben.

»Über zwanzigtausend Tote in Guatemala«, donnerte er in seiner Predigt, »wenige Monate später in China zweihundertvierzigtausend Tote. Dann auf den Philippinen, in Russland, im Iran, Tausende Tote, Tote, Tote.«

Else hatte Stunden zuvor ihren Garten geplündert und wollte seiner düsteren Gewissheit zumindest einen bunten Blumenstrauß entgegensetzen, den sie vor die Kanzel gestellt hatte.

»Wer von euch schließt in solch einer Zeit noch einen Bausparvertrag ab?«

Der polnische Melker meldete sich wie ein Erstklässler und plauderte ungefragt in die Predigt: »Ich habe keinen Bausparvertrag.«

Sein Pastor nickte wohlwollend: »Gut, Bruder. Wir Auserwählten vertrödeln unsere Zeit nicht mit Leichtigkeit. Kein gemütliches Nest wird gebaut, kein Wohlsein gesucht, Urlaube sind Zeitverschwendung, Theater haben keinen Grund.«

Der Melker meldete sich erneut: »Ich gehe auch nicht ins Theater.«

»Gut so, gut. Gott segne dich. Unser Leben sei ein

schmaler und steiler Weg. Sammeln wir die Sünder ein, die am Ehebruch zugrunde gehen.«

»Ich begehe auch keinen Ehebruch!«

»Bruder«, wandte Heinrich etwas ungehalten ein. »Du hast im Augenblick auch keinen Grund dazu.«

Der Melker drückte, seit Monaten nur noch besoffen vor Glück, die Hand seiner Lizzi: klein, schwarze Augen und hochschwanger.

»Es werden noch gewaltigere Katastrophen geschehen«, glaubte Heinrich voraussagen zu können. »Gott hat dies längst vorhergesehen, und Er hat uns, die wir Ihm nahe sind, die Details wissen lassen, damit wir vorbereitet sind.«

Heinrich, der Menschenfischer, hatte seine Bucht erreicht, ein Schwarm Leiber glänzte im See; nun war es an der Zeit, die Netze einzuholen.

»Fürchte dich nicht«, versprach er, »es gibt Rettung.«

Dies war der Höhepunkt eines Erweckungspredigers, hier zeigte sich, was Gott ihm zutraute. So warb er umso zärtlicher: »Komm nach vorn, her zu mir, komm. Schlag dem Teufel, der dich auf dem Stuhl festhält, auf die Finger. Wage dich ins neue Leben hinein, hier vorne wartet deine Hoffnung, komm. Komm zu mir!«

Als die Ersten aufstanden, wechselte Johanna auf ihrer Orgel in C-Dur. Der Betrüger bat um einen Anfang, ohne Schuld; die Einsame aus der Straßenbahn bat um das Ende, das der Prediger versprochen hatte, so schnell es ging.

Die Bekehrten waren bald getauft und gaben, wie das Testament gebietet, ihren Zehnten in die Gemeindekasse. Das war kein Anhaltspunkt, es war die Heilige Schrift, die das gebot: Zehn Prozent des Bruttolohns waren hier gemeint, der Kassierer der Gemeinde kontrollierte still, dass jedes Mitglied sich Gott wohlgefällig verhielt. So empfing der Pastor nicht nur den himmlischen Lohn, wenn er Seelen fing. Sondern lebte auch irdisch gut davon.

Der polnische Melker war mit Johanna eingeteilt, Traktate zu verteilen, in die Kapelle einzuladen oder Geld für Bedürftige zu sammeln. Jeder andere Tag wäre ihm recht gewesen, nur nicht ausgerechnet jetzt, wo das Spiel im Fernsehen lief! Und dann diese eifrige junge Frau, die ohne jede Pause von Haus zu Haus zog und nicht genug bekommen konnte von all den Zurückweisungen und Unverschämtheiten, den Beschimpfungen der Leute! Die nicht mal eine Pause am Markt machen wollte, weil ihr der Käse nicht passte, der da von echten Holländern angeboten wurde. Wie kann man was gegen Käse haben? Vor allem aber waren sie an drei Kneipen vorbeigegangen, den Melker lockten die johlenden Männer. Zugegeben, er hatte polnische Wurzeln, war aber doch hier im Land geboren, es interessierte ihn brennend, wie die deutsche Nationalmannschaft spielte. Es war doch das Endspiel, es ging gegen Belgien.

Bei der vierten, seiner Lieblingskneipe, wagte er es: »Ich denke, unser Weg führt uns auch zu den Trinkern, wir sollten hier mal reingehen.« Und deutete auf die Tür.

»Da rein?«

»Ja, weil auch Jesus die Geringsten aufgesucht hat. Beten wir am Tresen mit bekümmerten Gästen und laden wir die armen Sünder zum Gottesdienst.«

Ohne ihre Antwort abzuwarten, zog er Johanna mit. Drinnen lief der Fernseher, die Kneipe vollgestopft mit erhitzten Männern.

Sie wandte ein: »Es klingt nicht nach bekümmerten Gästen.«

»Teuflische Genüsse! Alles arme Verlorene«, drängte der Melker und schob sie weiter.

Auf dem Bildschirm das Fußballspiel, die Gäste einhellig brüllend und gestikulierend. Deutschland führte eins zu null, der Melker war begeistert.

Johanna wurde überflutet von Erinnerungen, sie wollte wieder raus auf die Straße: »Das ist hier sinnlos, die Leute interessiert der Sport und sonst nichts.«

Der Melker, der den Blick nicht mehr vom Fernseher abwenden konnte, widersprach: »Schwester, jeder braucht das Wort Gottes, auch ein Fußballfreund. Wenn die jetzt verlieren, wo sollen sie Trost finden?«

»Die führen doch, hier ist kein Trost nötig.«

»Aber die Freude, die Freude!«

Um seine wahrhaftig missionarische Gesinnung zu demonstrieren, rief der Melker laut in die Menge: »Freuet Euch im Herrn, und seid fröhlich allezeit!«

Die Fans riefen begeistert zurück: »Halleluja!«

»Siehst du.« Er umarmte Johanna freundschaftlich. Kaufte ihr in der Halbzeitpause ein Käsebrot, sich selbst ein Fischbrötchen und verschluckte sich an einer Gräte. Zu Johannas Kummer war die Tischdecke orange. Leuchtete wie ein Sonnenaufgang, signalisierte ihr den Wechsel von Nacht und Tag, lockte süß wie eine saftige Frucht. Ihr stiegen Tränen in die Augen, weil diese Sehnsucht nach einem anderen Leben wieder erwachte. Ihr Begleiter war nicht an ihrer Seite, Johanna bemerkte das erst jetzt. Hatte diese grelle Farbe Ihn verscheucht? Oder der Fußball? Er hatte das schon damals nicht gemocht.

Der Melker bemerkte ihre Rührung nicht, er redete mit vollem Mund auf sie ein: Seine Lieblingsmannschaft sei Eintracht Frankfurt, weil er dort geboren worden war, versehentlich. Die Wehen seiner Mutter hatten zu früh eingesetzt, im Zug von Ulm nach Köln. Sie hatte in Frankfurt aussteigen müssen, irgend so etwas. Seitdem hing er an seiner Eintracht. Und er sprach davon, vom Herrn die bescheidene Gabe der Prophetie empfangen zu haben, aber nur in Sachen Ballsport.

»Immer wenn ich kalte Füße habe, gewinnt meine Mannschaft.«

»Hast du öfter mal kalte Füße?«

»Nein! Ich habe nie kalte Füße, nie! Nur wenn Deutschland oder die Eintracht gewinnt.«

»Hast du jetzt kalte Füße?«

»Ja, kalt, sehr kalt. Aber die allerkältesten Füße hatte ich vor vier Wochen erst, da haben wir den UEFA-Cup gewonnen! Ich habe im Halbfinale gegen Bayern München so gefroren, dass ich vor dem Fernseher meine polnischen Hausschuhe anziehen musste, weißt du, die mit Fell innen, und doch sind die Füße kalt geblieben.«

In der einundsiebzigsten Minute verwandelte ein Belgier einen Elfmeter, der hatte wie ihr Rob ein Van im Namen. Doch in der letzten Minute jubelten und drückten und küssten alle Kerle sich, weil Hrubesch ein Kopfball gelang, wir waren wieder Europameister.

»Hat denn Holland im Turnier auch mitgespielt?«

»Letzte Woche noch, die haben gegen Deutschland verloren.«

»Schon wieder?«, rutschte ihr heraus.

»Wie schon wieder?«, fragte der Melker verwundert. »Hast du denn schon mal Fußball geguckt?«

Johanna ignorierte seine Frage einfach, beschloss aber, in ihre Gebete von nun an auch den niederländischen Fußball mit einzubeziehen.

Im darauf folgenden Gottesdienst wünschte sich der Melker zwischen zwei Gebeten ein Lied, nichts Ungewöhnliches. Und doch schaute er grinsend zu Johanna rüber, zwinkerte ihr fröhlich zu. Und alle miteinander stimmten an, der polnische Melker besonders laut, einzig Johanna begriff und lachte mit ihm: *Lasst der Eintracht uns erfreun ...*

In einem Kaufhaus am Nachmittag.
Johanna baut in einer Ecke des Kaufhauses aus Schaumstoffauflagen für Liegestühle und großen Decken einen gemütlichen Platz. Er steht dabei und blickt skeptisch.

ER   So tief unten? Wie soll ich da wieder hochkommen?

JOHANNA   Es wird dir nach meiner Behandlung besser gehen. Kannst du auf dem Bauch liegen, oder ist dir die Seitenlage angenehmer?

Er knöpft Sein Hemd auf, will es auszuziehen.

JOHANNA   Lass dein Hemd bitte an.

Er geht in die Hocke und legt sich stöhnend auf die Seite, wie sie es Ihm vorschreibt. Sie legt eine Rolle unter eines Seiner Knie, hockt sich hinter Seinen Rücken.

ER   Was soll das denn für eine Massage sein, ohne Ausziehen?

Johanna befühlt Ihn, drückt einzelne Muskelstränge und dehnt die Wirbelsäule.

JOHANNA Ich habe schon bei unserer ersten Begegnung bemerkt, wie asymmetrisch dein Gang ist, vorgebeugt. Du ziehst deine linke Schulter hoch.
ER Mir tut der Rücken so weh, das kannst du dir nicht vorstellen.
JOHANNA Tja, die alte Leier. Dir liegt was auf den Schultern.
ER Das geht schon eine Weile so, langsam werde ich zu alt dafür. Und was es alles gibt! Geilheit in Gotteshäusern und Stoßgebete im Bordell. Modefürsten, Mottenkugeln, Betonhöhlen, Ehebrüche, Lazarette. Blasenentzündung, Kindergartenplätze, Arbeitslosigkeit, zu viel Regen, zu viel Sonne, die Weltbank, der Klimawechsel. Oh, da tut's mir besonders weh!

Sie massiert schweigend weiter, Ihm scheint etwas einzufallen, Er setzt sich plötzlich auf und schaut sie an.

ER Aber dass sie jetzt meinem Namen rufen, bevor sie sich und andere in die Luft sprengen und solche Sachen? Und andere wiederum schreiben meinen Namen auf ihre Geldscheine, mit denen sie die Bomben gegen die Verwandten der Bombenwerfer bezahlen.
JOHANNA Das hat's auch früher schon gegeben.
ER Wo?
JOHANNA Kreuzzüge, Inquisition, Nordirland. Es geht da gar nicht um dich, es geht um Geld und Macht. Und sonst um gar nichts.
ER Was kann ich dagegen machen, dass sie meinen Namen dabei nennen?

JOHANNA   Hast du dich als Markenname geschützt?
ER   Was?
JOHANNA   Ein Patent angemeldet?

Er schaut sie verwirrt an.

ER   Was hätte ich davon?
JOHANNA   Sie dürften deinen Namen nicht verwenden.
ER   Und wenn doch?
JOHANNA   Müssten sie Strafe zahlen.
ER   Wem, mir? Ich hab ja nicht mal ein Konto.

Johanna entspannt ihre Schultern, sie konzentriert sich auf die Dehnung, die sie mit Ihm macht.

ER   Und wer hat erlaubt, dass mich alle Welt duzen darf? Hab ich jemandem mein Du angeboten? Hab ich nicht! Und dann dieser Vorname, *lieber! Lieber* Gott, immer *lieber.* Wie ein Kind. *Liebes Kind, lieber Gott.* Dann, wie nennen sie mich noch? *Mein Vater!* Das auch noch. Hab ich meine Vaterschaft bei jedem akzeptiert? Ich werde Tests machen lassen und sie dem ein oder andern vorlegen, diesen Kuckuckskindern, die ich da mitversorgen muss! Das lehne ich in Zukunft ab, das mache ich nicht mehr mit.

Er fasst sich wieder an Seinen Rücken. Sie schiebt Ihn langsam auf die Matte, Er legt sich endlich wieder hin, sie setzt ihre Behandlung fort. Er jault auf vor Schmerzen.

ER Oh, das fühlt sich an, als habe ich ein Messer da hinten drin stecken, gut machst du das.

JOHANNA Die Menschen suchen einfach nur deine Nähe. Sie erwarten von dir, dass du sagst, wo es langgeht.

ER Meine Methoden klappen nicht mehr so wie früher. Meine Wolkensäulen haben nicht mehr den rechten Schwung, und meine Feuersäule hat manchmal gerade noch die Leuchtkraft einer Vierzig-Watt-Birne.

Johanna lacht.

JOHANNA Dann lass mich deine vierzig Watt mal genauer untersuchen. Leg dich bitte mal auf den Rücken.

Er tut es, sie legt Ihm eine Rolle unter die Knie, damit Er entspannter liegen kann. Johanna legt ihre Hand auf Seinen Bauch, fühlt.

ER Was tust du?

JOHANNA Diese Region hier um den Bauchnabel nennt sich Hara. Ich werde fühlen, welche Zone bedürftig scheint.

ER Hokuspokus?

JOHANNA Nein, Erfahrung.

ER Woher weißt du das alles?

JOHANNA Das habe ich gelernt. Es ist mein Beruf.

ER Andern Leuten den Bauch fühlen?

JOHANNA Shiatsu. Und solche Dinge. So, und nun versuch dich mal zu entspannen, und sei bitte still. Sonst wird das nichts.

Er schweigt tatsächlich, schließt Seine Augen. Johanna konzentriert sich, knapp unterhalb des Nabels verharrt sie, hält für einige Minuten die Hand darauf. Hockt sich anschließend neben Seine Seite, drückt entlang Seines Blasenmeridians, dehnt sanft, streicht und massiert von den Füßen über alle Gliedmaßen bis in die Fingerspitzen, berührt sanft vereinzelte Punkte in Seinem Gesicht und massiert zuletzt ausgiebig Seinen Kopf. Nach etwa einer Stunde knurrt und brummt Er wohlig vor sich hin, schläft dann zehn Minuten tief und fest, öffnet schließlich Seine Augen, streckt sich.

ER Danke, Johanna. Das hast du ganz ausgezeichnet gemacht. Ich fühle mich wie ein junger Gott.

Sechstes Kapitel

15 11 Ein Mann hatte zwei Söhne und eine Tochter. Der jüngere Sohn hatte oft zum Vater gesagt: »Trotz alledem.« 12 Der Vater aber machte dem Jüngsten das Leben zur Hölle. 13 So packte der bei der ersten Gelegenheit alles zusammen, zog fort in ein fernes Land und lebte sein Leben, so gut es ging. 14 Nachdem er aber Heimweh hatte, fing er zu weinen an wie eine Motte. 15 Da ging er in sich und sprach: 16 Ich will mich aufmachen und zu meinem Vater gehen und zu ihm sagen: 17 »Trotz alledem.« 18 Und er machte sich auf und ging zurück nach Hause. Als er aber in die alte Straße kam, sah ihn sein Vater von Weitem schon und wurde von Liebe ergriffen. 19 Sein Sohn fiel ihm um den Hals und küsste ihn. 20 Der Vater aber sprach: »Sohn, bereust du deine Sünden gegen den Himmel und vor dir?« Der Sohn aber schüttelte den Kopf: »Papa, ich lebe doch bloß mein Leben.« Da ließ der Vater seinen Sohn da stehen, wo er war, und ging davon.

Markus hatte die Worte nicht hören können, die sein Vater mit Lukas wechselte, weil er die beiden vom Fenster aus beobachtet hatte. Aber er fragte sich bitter, wann sein Vater zuletzt mit ihm gesprochen oder ihn gar in den Arm genommen hatte. Markus wünschte sich tieftraurig noch ein weiteres Stockwerk unter seinem Keller und schloss das Fenster. Johanna riss ihr Fenster auf, sie konnte kaum glauben, wer da fassungslos auf der Straße stand.

»Lukas!«

Er schaute zu ihr hoch.

»Komm rein!«, rief sie freudestrahlend.

Er schüttelte den Kopf.

»Dann warte unten!«

Sie griff nach ihrem Hausschlüssel, rannte hinaus und fiel Lukas in die Arme.

»Endlich bist du zurück!«

»Komm hier weg, lass uns was trinken«, bat Lukas.

Er steuerte die Eckkneipe an, Johanna zögerte: »Das ist kein Ort für mich.«

»Mensch, Johanna, mach mich nicht wahnsinnig!«

Johanna ging unschlüssig hinter ihm her, setzte sich, bestellte sich Tee.

Er trank Whisky und fragte: »Weshalb bist du noch hier?«

Lukas musterte seine Schwester, sie lief in einem blödsinnigen hellblauen Rock herum, der ihr bis zu den Knöcheln reichte. Darüber eine blau-weiß gestreifte Bluse mit weißem Kragen und Manschetten, zugeknöpft bis obenhin. Ihre Haare waren zum Pferdeschwanz gebunden. Sie sah aus, als gehöre sie einer Sekte an. Oder, fragte sich Lukas, war die Gemeinde inzwischen eine geworden?

»Wie geht es dir?«, fragte sie zurück, ohne seine Frage zu beachten.

»Ich bin hergekommen, weil ich dachte, man könnte

mit Vater reden.« Er schüttelte den Kopf. »Aber man kann es nicht. Du musst so sein wie er, so denken wie er, ansonsten bist du der letzte Dreck für ihn, so war das doch schon immer.«

Er schaute sie an und lächelte gequält.

»Sonst geht's mir gut.«

»Sie haben dich damals aus der Gemeinde ausgeschlossen.«

»Das war klar.«

»Das kann dir nicht egal sein, du bist doch seitdem verloren.«

»Johanna!« Lukas lachte. »Sitz ich hier mit dir, oder liege ich im Fundbüro herum?«

»Bereue doch, dann wird alles gut.«

»Johanna! Hör auf damit!«

Seine Schwester war so übereifrig, und niemand verstand das besser als er. Wäre er geblieben, hätte er nur zwei Möglichkeiten gehabt: eifrig oder depressiv zu werden.

»Ich habe mich taufen lassen.«

»Hast du wenigstens was zu bereuen gehabt?«

»Ich hatte mich in einen Ungläubigen verliebt.«

»Na, das ist doch mal was. Wie hieß er denn?«

»Rob, er ist Holländer.«

»Wie lange ist das her?«

»Seit du gegangen bist.«

»Das ist sechs Jahre her, und du denkst noch immer an ihn. Hast du ihn seitdem wiedergesehen?«

»Natürlich nicht!«

»Einen Brief geschrieben? Telefoniert?«

Johanna schüttelte den Kopf.

Lukas schaute sie an, streichelte ihre Hand: »Was für eine Sorte Ungläubiger war er denn?«

»Katholik.«

»Die beten aber auch viel, kann ich dir verraten.«

»Die meisten von denen sind ungläubig, nicht wiedergeboren.«

Lukas ließ die Hand seiner Schwester wieder los, er wollte nicht mit ihr diskutieren.

»Johanna, hast du dein Abitur geschafft?«

Sie nickte.

»Und?«

»Es gibt so viel in der Gemeinde zu tun.«

»Du studierst nicht?«

»Vielleicht gehe ich später mal auf eine Bibelschule. Ich habe noch keinen Hinweis erhalten, wohin mein Weg geht.«

Lukas verzweifelte: »Du machst nicht mal eine Berufsausbildung?«

»Lukas«, beteuerte Johanna, »das Ende der Zeit ist nah.«

»Johanna, hast du dich mal reden hören? Glaubst du wirklich noch an diesen Scheiß, Apokalypse und so?«

Johanna nickte: »Du weißt doch, was in der Offenbarung geschrieben steht. Die Zeichen der Zeit sind da. Wozu also noch etwas lernen?«

Er zog hörbar Luft ein, schloss die Augen, dann lachte er verzagt auf.

»Eben ging mir durch den Kopf, ich würde dich am liebsten an den Haaren packen und von hier fortziehen.«

»Was machst du denn so, wo lebst du?«

»Ich kämpfe gegen den Bau der Startbahn West.«

»Was ist das denn?«

»Johanna!«, Lukas platzte der Kragen, »kümmert dich irgendwas, irgendwer da draußen?«

Da stand der Vater im Raum. Er war unbemerkt und wohl zum ersten Mal in seinem Leben in die Eckkneipe gekommen und würdigte Lukas keines Blickes.

»Komm, Johanna.«

Johanna erschrak nicht nur über das plötzliche Erscheinen ihres Vaters, auch Er war mitgekommen. Die beiden hatten ihre Kleidung getauscht: Dem Vater war der gestreifte braune Anzug zu kurz, dessen helles Jackett war Ihm wiederum zu weit.

Lukas wandte ein: »Sie ist volljährig und sitzt hier mit ihrem Bruder.«

»Du bist nicht befugt, sie anzuschreien.«

Unter dem Tisch stieß Lukas sie an, schob ihr einen Zettel mit seiner Adresse zu, sie nahm ihn und steckte ihn weg. Dann stand sie auf und gehorchte dem Vater.

Ihr Begleiter zog sie beiseite: »Ich verstehe diese Heimlichtuerei nicht. Weshalb nimmst du seine Adresse an, willst du dich davonmachen? Dann geh doch! Wer hindert dich?«

Johanna war unwohl, wieso klang Er wieder so ungehalten? Sie liebten sich doch, oder war Er eifersüchtig auf ihren Bruder?, fragte sie sich.

Lukas lehnte sich zurück, legte den Arm über die Lehne und schaute seinen Vater an: »Ich weiß, weshalb du sie hier wegholst. Ich stinke nach Freiheit. Nicht wahr, Heinrich?«

»Nenn mich nicht so. Ich bin immer noch dein Vater.«

Lukas erhob sich vom Stuhl und ging auf ihn zu: »Guter Vater also. Dann lass Johanna mehr Freiheiten, sie sollte doch wenigstens einen Beruf lernen und reisen dürfen, die Welt sehen.«

Heinrich konterte: »Was nützt es dem Menschen, wenn er die ganze Welt gewinnt.«

Lukas unterbrach ihn und setzte fort: »... aber sein Leben verliert? Matthäus 16 Vers 26.«

»Siehst du, alles hast du nicht vergessen«, lächelte der Vater. Dann legte er überraschend seine Hand auf Lukas' Kopf und schenkte seinem ungläubigen Sohn eine Geste, die ihn Überwindung gekostet hatte, weil sie einem Ungläubigen galt. Er segnete ihn: »Gott behüte dich.«

Lukas war gerührt, das war zu sehen. Aber davon bemerkte der Vater nichts mehr, zusammen mit seiner Tochter hatte er die Kneipe schon verlassen.

Lukas rief noch hinter Johanna her: »Such dir eine Freundin, versprich mir das!«

Er wischte sich die Augen trocken und rief in den Raum: »Noch einen Whisky, einen doppelten!«

Der Wirt goss einen anständigen Schluck nach und deutete die Situation falsch: »Klasse Braut, schwer bewacht, was?«

Lukas war heilfroh, dass der Wirt für ein Gespräch bereit war.

»Sie glauben nicht, was sich hier abspielt. In unserer Zeit, wir leben im zwanzigsten Jahrhundert, richtig?«

Der Wirt zuckte einvernehmlich mit der Schulter und putzte hinter der Theke seine Gläser. Er hörte viele Geschichten, es gehört zu seinem Job.

»Es gibt neben meiner und Ihrer Welt noch eine andere. Gehen Sie um die Ecke, zweite Straße links, und Sie sind mit einem Schlag im finsteren Mittelalter. Selbstverschuldete Unmündigkeit! Nicht nur hier, sie sind überall, in allen Städten, in Dörfern, auf der ganzen Welt. Dabei haben sie Grips, viele von denen haben die tollsten Berufe, sind Manager, Ärzte, Lehrer. Aber wenn es um ihre Sache geht, benehmen sie sich wie Kinder! Glauben an böse Geister, Teufeleien, Hexereien, Weltuntergang. Was ist verboten, was erlaubt? Leben in einer schwarzweißen Welt, Gut und Böse, hier oder da. Keine Fragen, nur Antworten. Wie mich das ankotzt!«

»Hallo, junger Mann!«, mahnte der Wirt, weil andere Gäste sich schon nach dem lauten Gast umdrehten.

»Entschuldigung. Ich mach mir Sorgen um meine kleine Schwester«, räumte Lukas ein, legte einen Schein auf den Tresen und wandte sich zum Gehen.

»Müssen Sie nicht, ist doch ein ganz fröhliches Mädchen, die war neulich schon mal hier, hat Fußball geguckt.«

Lukas verschlug es die Sprache, er drehte sich noch einmal um: »Wie bitte?«

»Da hinten saß sie, ganz fröhlich mit 'nem Tee und dem Mirek. Beim Endspiel gegen Belgien.«

»Mit dem polnischen Melker?«

»Lieber Kerl, harmlos. Der tut Ihrer Schwester nichts, der ist wie'n Onkel zu ihr.«

»Ich kenn ihn doch. Die beiden gucken zusammen Fußball?«

Lukas schüttelte nachdenklich den Kopf. Wenn Johanna das tat, hatte sich die Veränderung vielleicht schon angekündigt und würde nicht mehr aufzuhalten sein. Kurz bevor er in den Zug nach Mainz stieg, wo er wohnte, kaufte er ihr Make-up und ein Paar Ohrringe.

Als der Zusteller damit vor der Tür stand, quittierte Er den Empfang des Päckchens und reichte es Johanna. Sie öffnete es in Seiner Gegenwart, bat Ihn wegen ihrer Freude daran unverzüglich um Vergebung und warf den Karton samt Inhalt in den Müll.

Lukas schrieb ihr regelmäßig Briefe, berichtete von seinen Demonstrationen und Schlägereien mit der Polizei. Johanna hatte oft versucht zu antworten, doch sie hatte entweder kein Briefpapier zur Hand oder vergaß diese Absicht immer wieder. Else brachte Blumen, die so grell leuchteten, dass sie in Johannas Augen brannten.

Es gab keine Lebensmittel und Getränke mehr im Haus. Johanna musste notgedrungen raus und welche besorgen: Die Dudelmusik im Supermarkt war zu laut, die Kunden bewegten sich zu schnell. An der Fleischtheke drohte man sie anzusprechen. Es gab von jeder Ware zu viele Sorten. Johanna kaufte nichts und verließ den Laden ohne etwas. Der Vater übernahm das für sie.

Lizzi bekam ihr Kind, es war eine verzweifelt schwere Geburt. Johanna hätte Strampelhöschen kaufen, um Genesung beten, ihr eine Hand reichen können. Doch sie tat es nicht. Johanna konnte sich im Moment zu nichts aufraffen, an manchen Tagen wollte sie nicht mal mehr aufstehen.

Der polnische Melker kam sie besuchen, erzählte ihr von Lizzi, dem Kind, von einem Streik auf einer Danziger Werft. Johanna nahm es kaum wahr, wo lag Danzig, eine Werft? Na und.

Es war Winter, dann Sommer, heiß und kalt, Johanna wechselte die Kleidung nicht. Sie stand in der

Küche, goss sich ein Glas Milch ein und vergaß zu trinken. Es klingelte, sie schlurfte zur Haustür und öffnete, aber niemand war da. Die Post rief »Post!«, aber nichts war im Briefkasten. Oft fiel es ihr schwer, zwischen dem, was geschah, und dem, was sie sich vorstellte, zu unterscheiden.

Ihr Begleiter rührte sich nicht. Er saß mit übereinandergeschlagenen Beinen auf dem Sessel in ihrem Zimmer und las in immer derselben Tageszeitung. Johanna hätte Ihn als Beschützer empfinden können, doch nach und nach wurde ihr Seine beharrliche Anwesenheit unangenehm. Ihr ging das Geräusch auf die Nerven, das Er machte, wenn Er die Zeitung umblätterte. Kein einziges Wort sprachen sie miteinander. Was war aus ihrer Beziehung geworden, fragte sich Johanna. Er lebte selbstgerecht auf, wenn Er von ihr geehrt und begehrt wurde. War sie nicht bereit für diesen Liebesdienst, las Er Zeitung und schwieg. Hatte Er sie geliebt oder bloß benutzt? Johanna widerte das beinahe an, ein Lebensfunke kehrte zurück, auch wenn er gegen Ihn gerichtet war. Je lästiger Er ihr erschien, desto munterer wurde sie wieder.

Gegenüber zog jemand ein, der Möbelwagen stand vor der Tür. Johanna stellte sich hinter die Gardine ihres Zimmers und schaute zu. Es waren eine ältere Frau und eine jüngere, die jüngere trug ein schönes schwarzes Kleid und schwarze Stiefel bis fast zu den Knien.

Johanna dachte kurz darüber nach, ob sie wissen wollte, wer die beiden waren. Woher sie kamen und wie lange sie blieben. Ihre linke Seite wollte es wissen, die rechte konnte aber nicht fragen. Sie hatte schon lange nicht mehr an fremden Türen geklingelt, und ihre Gitarre war längst verstimmt.

Johanna stand hinter ihrer Gardine und stellte fest, dass außer ihr selbst niemand etwas dagegen hatte, wenn sie etwas anderes tat als hier zu stehen. Wer hinderte sie daran, das Haus zu verlassen? Sie ließ ihre Gedanken zur Tat werden, als trage sie Stiefel bis zum Knie.

Johanna kaufte sich unmittelbar eine Fahrkarte und setzte sich in den Zug, so leicht war das. Endlich in Bewegung, hinter der Grenze ging es ihr viel besser. Sie fand seine Adresse im örtlichen Telefonbuch von Gouda, wer hätte das gedacht! In Gouda war es kälter als in Köln, aber die Sonne schien.

Sein Häuschen war drei Fenster breit. Dunkelblaue Haustür mit goldenem Knauf und wunderschöner goldener Briefklappe, blank poliert. Roter Backstein, aber keine Gardinen, wie erwartet.

Rob trat aus der Tür, hackte Holz und legte die Scheite in den Korb.

»Hallo. Hier bin ich. Endlich!«

Er war ein wenig überrascht: »Ja. Hallo.«

»Hast du auf mich gewartet?«

Er war sich nicht sicher, ob er die Fremde kannte, die so vertraut auf Deutsch mit ihm sprach, oder ob er eine Bekannte aus dem Gedächtnis verloren hatte, was ihm peinlich gewesen wäre. Deshalb plauderte er sicherheitshalber: »Nun, ich bin zum ersten Mal seit Monaten nicht bis spät abends im Büro, ich habe vorläufig genug davon. Ich habe auch Lust, mal zu kochen, doch. Das ist alles. Wer bist du denn?«

»Bist du nicht Rob?«

»Nein, ich heiße Jan.«

»Wo ist Rob? Rob van Dale aus Gouda?«
»So einen kenne ich nicht, leider.«
Johanna drehte sich um und ging ohne ein weiteres Wort. Hinter dem Mann zeigte sich eine Frau: »Wie was dat?«
»Ik weet het niet. Een duitse mevrouw.« Und dann schloss sich die Tür.
Johanna schlenderte durch die Straße und schaute sich Robs Welt an, irgendwo musste er ja sein: Die Häuser hier waren kleiner als in Deutschland, Puppenstuben gleich, gehäkelte Spitze in Holzrahmen vor den Fenstern und Fahrräder überall mit Vorfahrt. In der Einkaufsstraße stand eine Art Drehorgel, ohne Kurbel, groß wie ein Ford Taunus, die spielte automatisch und laut. Davor wartete ein Mann, der die Lieder mit den Gulden in der Blechbüchse begleitete. Das alles war fremd und schön. Johanna würde ihn hier finden, ganz sicher, irgendwann. Und wenn sie in ganz Holland suchen musste. Niemand erwartete sie daheim, hier in Holland wurde sie nicht begleitet, also ging sie aufgeheitert zurück zum Bahnhof und fuhr in die nächste Stadt.
In Amsterdam gab es viele van Dales. Der Mann in dem Hochhaus sah Rob überhaupt nicht ähnlich, aber er bot ihr einen Tee an, sie solle mal ruhig reinkommen, er habe einen Halbbruder, der war 1974 in Köln, er würde ein Foto finden.
Als Johanna eine halbe Stunde später bestürzt aus dem Haus jagte, ihre Haare zerzaust, und ihre Tasche in der Hand flatterte, da wischte eine Erinnerung vorbei, die Diakonisse damals. Die war auch aus dem Hause geflohen. Was hatte ihr Vater damals getan, mit der Schwester. Oder doch mit dem Kohlenhänd-

ler? Was tat er heute noch? Aber wichtiger war eine andere Frage: Was wollte sie selbst, was tat sie hier?

Auf dem Weg zum Bahnhof stieg sie zu ihrer eigenen Überraschung aus der Straßenbahn und wagte sich in ein verqualmtes Café am Oudezijds Voorburgwal. Sie hatte keine Ahnung, was hier vor sich ging, bestellte sich einen Kaffee und saß für Stunden im süßen, dichten Qualm der anderen jungen Leute. Der nackte Fuß eines Jungen ihr gegenüber kroch ihr Bein hinauf und spielte mit ihrem Knie. Johanna lächelte überrascht. Er war blond wie Rob und grinste begeistert zurück, während sein Fuß so weit ging, dass es Johanna den Atem nahm. Holland, dachte sie, ist wunderbar.

Else hielt Theo schon lange im Arm; weiterzugehen wagte sie nicht. Einen ungläubigen Mann zu wählen versprach Ärger mit der Gemeinde. Theo besaß allerlei Masken und Figuren und kannte Rituale, die in Kombination mit dem stinkenden Rauch einer gebratenen Fischleber halfen, schwerste Zweifel zu verscheuchen. Behauptete er.

»Hauptsache, man glaubt irgendwas.«

Else grübelte. Sie suchte einen Ausweg, legte dem Mann ihre Bibel in die Hand und sagte: »Lies das einmal. Für mich.«

Theo runzelte die Stirn. Nahm das Buch und ging.

Er las nicht lang, denn er fand die Stelle, die ganz in seinem Sinn war, im Buch der Bücher schon weit vorne.

»Hier!«, fuchtelte er mit Elses Bibel in der Luft, zeigte auf Dritte Mose 25 Vers 10: *Heiligt das fünfzigste Jahr und verkündet Freiheit im Lande für alle Bewohner. Ein Jobeljahr soll es für euch sein. Da soll jeder wieder in den Besitz seines Grundeigentums gelangen.*

Theo grinste bis über beide Ohren: »Hat über diesen Vers hier mal einer gepredigt? Im sogenannten Jobeljahr soll jeder Besitz neu aufgeteilt werden, alles Kapital zurück auf Los, und wieder von vorn. Da wird enteignet und gejubelt, alle fünfzig Jahre. Donnerwetter! Dein Gott ist Sozialist, das ist ja großartig!«

Else konnte diese vielen schweren Worte nicht auf Anhieb verstehen, deshalb schrieb Theo sie auf. Woraufhin sie feststellte: »Jeder macht Ihn sich, wie er will.«

»Hält sich ein kapitalistischer Christ an dieses Wort? Nein, da wird interpretiert und ignoriert, weil's an die Geldbörse geht. Du hast recht, Else. Jeder macht sich seinen Gott, wie er will. Drum will ich keinen haben.«

Theo erklärte ihr, seine Regeln seien anders als ihre, na und? Er verspreche, ihren Glauben nie in Frage zu stellen. Aber nehme sich selbst die Freiheit, die Zehn Gebote nicht zu befolgen. Er arbeite gern sonntags und ruhe lieber sechs Tage als umgekehrt. Seine Eltern habe er früh verlassen, weil sie ihn nicht verdient hatten.

Aber Else ging die restlichen Gebote durch: »Getötet?«

»Mücken.«

»Ehe gebrochen?«

»Bourgeoise Scheiße.«

»Gestohlen?«

»Und wie!«

»Falsch Zeugnis?«

»Nur in der Schule.«

Jetzt hielt Else ihm das letzte Gebot mit der Bibel in der Hand unter die Nase: *Du sollst nicht begehren deines Nächsten Haus, Frau, Knecht.*

Er streichelte ihr Gesicht und lächelte zärtlich: »Meine kleine Taube, dein Haus will ich nicht, und Knechtschaft gehört sowieso abgeschafft. Aber dich begehre ich, meine nächste Nachbarin!«

Er gab ihr fast feierlich das Buch der Bücher zurück, dann nahm er Elses Hand: »Ich bin auch ein Buch, eine Sonderausgabe, dir gewidmet. Hab mich beschrieben und zugleich verlegt für dich. Klapp mich auf, schlag meine Seiten um, such meine besten Stellen, markiere sie und schlaf mit mir ein.«

Also las Else ihren ungläubigen Theo, zuerst noch verschämt mit Taschenlampe unter der Decke, später befreiter am liebsten morgens nach einem ausgiebigen Frühstück im Bett. Er war als Liebhaber so eine Art komisches Drama, für den Stummfilm adaptiert in Farbe und für Else so besonders wertvoll, dass sie liebend spürte, wie Musik klingen musste.

Deshalb betete sie künftig auf ihre Weise: Schaffe, guter Gott, Gerechtigkeit unter den Völkern, und hilf uns, die Güter der Welt alle Jobeljahre neu zu verteilen. Und mit Theo will ich sein, bis ich in Deine Arme falle, so sei es.

Siebtes Kapitel

Niemand hatte Fragen gestellt, als Johanna aus Holland zurückgekehrt war; Markus schien ihre Abwesenheit genauso wenig zu bemerken wie ihre Anwesenheit. Ihr Begleiter las Zeitung, wie gehabt. Johanna kontrollierte hinter den Gardinen das Nachbarhaus: Die beiden Frauen nahmen sich in den Arm, bevor sich die Haustür hinter ihnen schloss.

Ihr Vater war selbst in letzter Zeit öfter auf Reisen. Missionsreisen sicher, Besprechungen, Kongresse, oder in Klausur, mutmaßte Johanna. Manchmal mehrere Wochen, eine Adresse hinterließ er nie. Die Gemeindearbeit litt darunter, und Lässigkeit machte sich bei allen breit.

Dem Melker fiel auf, dass Johannas Eifer merklich nachgelassen hatte. Sie wollte nun lieber im Park sitzen, mitten in den bunten Tulpen, statt zu missionieren. Und sie fragte ihn: »Weißt du eigentlich, wie es den Holländern geht?«

»Welchen Holländern?«

»Den Fußballern.«

»Wie kommst du denn auf die?«

»Nur so. Ich mag das Land.«

»Du magst Holland? Weshalb?«

»Es ist so schön flach.«

»Woher weißt du denn, dass es flach ist?«

»Na, es heißt ja nun mal so. Nieder-Lande.«

»Und du magst jetzt gern im Park sitzen?«

Johanna wehrte ab: »Also, wie geht's dem Fußball seit dem WM-Finale vor sieben Jahren?«

Der polnische Melker schaute sie mit großen Augen an: »Das weißt du? Ich dachte, dein erstes Spiel sei das gegen Belgien gewesen?«

Johanna kommentierte wie ein alter Hase: »Ich fand, Holland hat eleganter gespielt als die Deutschen.«

»Ach?«, meinte der polnische Melker beleidigt und hatte sehr deutsche Gefühle. »Eleganter, ja? Sind wir beim Ballett, oder schießen wir Tore?«

Johanna wurde ungewohnt leidenschaftlich: »Mit was für Methoden? Hölzenbein ist ein Elfmeterschinder.«

»Jetzt reicht's aber!«, protestierte der Melker laut. »Hölzenbein ist Frankfurter! Außerdem: Woher weißt du das denn alles?«

Johanna wich ihm aus und fragte weiter: »Hattest du 1974 auch kalte Füße für Deutschland?«

»Ja, total kalt. Ich hatte in letzter Zeit überhaupt meist kalte Füße, wenn Deutschland gegen Holland spielte.« Er kicherte: »Wir spielen vielleicht wie die Holzfäller, aber wir lassen sie nicht gewinnen. Das zu deinen Holländern!«

Sie lächelten sich an.

»Hör mal«, sagte er. »Weißt du eigentlich, dass ich Mirek heiße?«

»Es steht so im Gemeindeverzeichnis, ja.«

»Möchtest du nicht Mirek zu mir sagen?«

Johanna nickte. Sie hatte immer *polnischer Melker* gedacht, ihn aber nie so genannt.

Beide hielten ihr Gesicht in die warme Frühlingssonne, schwiegen lange miteinander.

Dann erklärte Mirek: »Johanna, ich gehe nicht mehr mit, von Haus zu Haus. Das Kind macht viel Arbeit, verstehst du?«

»Ja, Mirek, ich verstehe.«

Ohne ihn will ich auch nicht mehr gehen, wünschte sich Johanna. Und wusste nicht, wie sie es ihrem Vater erklären würde.

Johanna kam gar nicht in die Verlegenheit, denn nur einen Tag später rief ihr Vater an und fragte sie umständlich, ob etwas dagegen spräche, wenn er noch einige Wochen an der Ahr bliebe, ihm täte die Erholung gut. Sie ermutigte ihn euphorisch dazu und packte selbst auf der Stelle ihre Koffer.

Sobald sie über die Grenze kam, ja bereits im Zug nach Holland war, auf dem Weg zum Bahnhof schon, nahm sie eine andere Farbe an, verströmte einen neuen Duft, atmete tiefer ein und genoss den Augenblick, als sei dies ihr einziger Tag. Sie wollte nicht wenig wagen, sie lebte genau ihr Gegenteil.

Johanna stieg in einer beliebigen Stadt aus, suchte die Post, blätterte im Telefonbuch und schrieb sich die Adresse der van Dales heraus. Ging hin und schaute, wen sie antraf, öffnete sich für alles, was geschah, und fuhr weiter. Es war, als erlebe sie sich selbst als Theaterstück, von dem man getrost verlangen konnte, dass etwas geschah. Und wo zum Glück am Schluss der Vorhang fiel. Sie selbst applaudierte sich begeistert oder grinste gelassen über das, was sie tat.

In Nimwegen fand Johanna einen Henk van Dale, Koch in einem libanesischen Imbiss, der ihr daheim ein chilischarfes Essen vorsetzte und für sie irische Liebeslieder sang. Erik van Dale aus Utrecht schenkte ihr nach einer Nacht auf seinem Diwan ein Mah-Jong, ein prächtiges Spiel aus kühlen Specksteinen mit feinem Bambus, auf dem waren Zeichen drauf wie bei einem Kartenspiel. Jos van Dale aus Den Helder brachte ihr bei, wie man Mehlwürmer an den Haken steckt, eine Angel auswirft und Fische tötet. Um sie zu unterhalten, biss er auf einen lebendigen Wurm und schluckte ihn. Dabei lachte er laut und ausgelassen, weil sich das deutsche Mädchen so herrlich ekelte. Maarten van Dale aus Rotterdam bat sie nach Feierabend in sein Büro und konnte Johanna von einem dunkelhäutigen Cousin berichten, der Rob hieß. Währenddessen bewies er ihr zärtlich, dass man unter dem Schreibtisch einer Investmentgesellschaft die ganze Nacht Erdbeeren essen konnte. Lodewijk aus Hilversum hieß gar nicht van Dale, aber seine Stimme klang so wunderbar, dass Johanna ihn anflehte, während all dem Wunderbaren, was er ihr antat, nicht aufzuhören zu sprechen. Jeroen aus Heerlen dagegen war perfekt, wenn er schwieg. Huub aus Tilburg war gerade erst siebzehn, und in einem Schlosspark bei Apeldoorn lag Johanna nachts unter freiem Himmel an der Schulter eines van Dale, ohne seinen Vornamen kennen zu wollen.

Die draufgängerische Holländerin ließ sich bald nicht mehr kontrollieren. Sie wurde übermütig, schlich sich an den Grenzkontrollen vorbei, fuhr heimlich mit nach Köln und überraschte die artige Deutsche mit ihrer Lust unter der Dusche oder im Bett. Die Momente der Erleichterung dauerten keine zwei Atemzüge lang. In Holland war jede Erregung befriedigt worden, daheim schämte sich Johanna bis ins Mark dafür. Zugleich wucherte ihre Begierde wie Unkraut im feuchten Hochsommer und verhöhnte sie bald in heiligsten Momenten.

Diesmal lenkte der Vater ihren Blick, auch er betrachtete von der Kanzel aus den unbekannten blonden Mann, der in Ferien zu Besuch bei seiner Tante war. In dessen zartem Flaum über den Lippen sammelten sich klitzekleine Schweißperlen, die er sich mit der Zunge ableckte. Johanna wünschte sich bei diesem Anblick entweder Rob oder einen der van Dalen bei sich. Stattdessen ließ Holland mitten im Gottesdienst tausend klitzekleine nackte Leiber auf Johanna los, die auf ihrem Körper spazierten, während sie betete und sang. Die tobten auf der Haut, spielten in den Schamhaaren Versteck, als sei es abenteuerliches Unterholz, wälzten sich auf ihrer Leiste im Dreck und badeten schließlich in ihrem Angstschweiß, der sich als kleiner See in ihrer Nabelgrube gesammelt hatte.

Der Vater flehte auf der Kanzel: »Großer Gott, welche Plagen fechten uns an? Was sind Heuschrecken in der nördlichen Welt, was Hunger in einem Land satter Menschen? Deine neuen Plagen aber sind schrecklicher als alles zuvor, sie fressen nicht nur unsern Körper, sondern vernichten unsere Seele und den Geist dazu.«

Die bösesten der kleinen Teufel tanzten um ihre Brustwarzen und bissen hinein. Johanna schauderte, Schweiß stand auf ihrer Stirn.

Vaters Predigt wurde noch eifriger, als kenne er ihre Gedanken: »Errette uns, befreie uns von dieser bösen Geißel. Hilf uns, reich uns Deine Hand, und reiß uns aus dem tiefen Sumpf der Anfechtung. Befreie mich, befreie uns endlich!«

Der Prediger hatte Tränen in den Augen und schlug sich mit der Hand mehrfach kräftig gegen die Brust. Die Gemeinde war erschüttert, jeder flehte für sich mit.

Johanna bat eindringlich: »Befreie mich, befreie mich endlich!«

Also trompetete einer, alle sammelten sich und rutschten ihr den Rücken hinunter, spielten blinde Kuh auf dem Steiß und ließen sich schließlich grölend in ihre Pofalte hineinfallen. Stellten sich in Fünferreihen auf und drangen mit Marschliedern, Fahnen und Posaunen in sie ein. Johanna schloss ihre Augen und genoss es.

»Der Feind greift nach uns, erlöse uns, o Herr! Erlöse mich, bitte.«

Die Gemeinde stimmte jetzt laut mit ihm ein, alle standen auf, reckten ihre Arme gen Himmel.

»Erlöse mich«, flehte Johanna.

Der Saal erfüllte sich mit lauten Gebeten und Gesängen, jeder flehte um Erlösung, wovon auch immer.

»Bitte, ja! Jaaa!«, bettelte der Prediger nun leise. »Erlöse mich!«

Da erlöste es beide. Johanna atmete erleichtert aus, der Vater sang dabei. Lobet den Herrn. Zwei Atemzüge lang.

Johanna kniete zur Vergebung dieser schrecklichen Sünde auf dem harten Boden, weil Schmerz die Sache womöglich wenden konnte. Sie schwor, sich zu besinnen, sie bat um ein Zeichen. Es gab nur eine Lösung,

Johanna verlangte nach einem Mann in aller Ordnung, sie brauchte die Ehe.

»Ich verspreche, ich wähle, den Du mir schickst.«

Er las keine Zeitung mehr, war nicht mehr zu sehen, sie wollte Ihm dennoch gehorchen, bestimmt, aber vielleicht ein Wunder?

Ihr Vater hatte sich zum Mittagessen bei jener Tante einladen lassen, deren Neffe zu Besuch war. Er war auch zwei Tage später noch nicht zu Hause und bat Johanna telefonisch, jedermann auszurichten, er läge erkältet im Bett.

Beim Frühstücksgebet der Frauen ging ein Korb herum, wie sonst die Kollekte, gefüllt mit Bibelworten auf Kärtchen.

»Bitte«, betete Johanna leise, bevor sie hineingriff: »Es geht um Herrn Rob van Dale. Sprich mit mir durch Dein Wort. Was sagst Du zu ihm? Vielleicht hat er sich ja bekehrt seitdem? Sendest Du ihn zu mir?«

Johanna zog den Vers: *Bereite dem Herrn seinen Weg, denn der Herr kommt.*

»Er kommt?«

Sie freute sich so. Er wird kommen, sagte ihr der Vers.

»Oh, danke, danke!«

Bereite Rob seinen Weg, denn er kommt. Sie will das glauben.

»Halleluja!«

Unmittelbar im Anschluss an diese Gebetsversammlung schaute sich Johanna in den Zimmern um. Sie hatte seit ihren Hollandreisen das ganze Haus vernachlässigt, es war ein einziger Haufen Unordnung – sie selbst sah von der tiefen Reue nicht besser aus. Nun aber! Bereite dem Herrn den Weg. Also begann sie rigoros zu ordnen, zu wischen und zu putzen, sah bestürzt die Flecken auf dem Teppich, den Staub in den Ecken. Das war ihr gar nicht aufgefallen! Wenn er gestern gekommen wäre? Eine Schande!

Johanna putzte den Boden, die Fenster, reinigte den Teppich, fand reichlich alten Plunder, füllte die Mülltonne bis obenhin. Zupfte vertrocknete Blätter von den Pflanzen, stellte frische Blumen in die Vase. In der Küche entdeckte sie peinlichen Unrat zwischen Kühlschrank und Spüle, schob deshalb alles von der Wand, wischte auch dahinter. Sie taute den Kühlschrank ab, holte die Lebensmittel heraus, wusch ihn aus und räumte alles wieder ein. Ordnete ihr Schlafzimmer auch noch, legte sich aufs Bett, schaute hoch zur Decke – da war ein Fleck, würde er das sehen? Wie sollte Rob am ersten Abend noch vor einer Verlobung in ihrem Bett zu liegen kommen, um so von diesem Fleck an der Decke gestört zu werden?! Weg mit dem Gedanken. Für alle Fälle entfernte sie den Fleck.

Er wird essen wollen. Johanna kaufte ein, bereitete die besten Kohlrouladen, das allein dauerte zwei Stunden. Die schmeckten aufgewärmt noch besser. Aßen Holländer Kohlrouladen? Wie sah er inzwischen wohl aus? Hoffentlich kam er nicht gerade in dieser Minute, ihre Haare klebten nach der Arbeit verschwitzt im Gesicht, ihre Kleidung war durch das Putzen schmutzig geworden.

Johanna zog sich aus, warf alles in die Wäsche, nahm ein Bad, knetete sich zwei Eigelb ins Haar und legte sich Gurkenschalen aufs Gesicht. Na, jetzt durfte er auf keinen Fall klingeln! Johanna legte sich eine kleine Goldkette mit Perle um den Hals und zog sich ein Kleid an, etwas kurz. Ihr Puls war hoch, der Atem flach, sie musste oft auf die Toilette. Es war halb acht. Sie deckte den Tisch, kochte Reis, wärmte die Rouladen und zündete die Kerzen an. Rückte hier und da noch etwas zurecht. Stoffservietten, gutes Porzellan, sogar Wein. Es klingelte. Wahrhaftig.

Er kam.

»Hast du jemand anderen erwartet?«

Ihre Antwort geriet zu dünn, sie brachte keinen Luftstrom zustande, um auch nur ein einziges Wort entstehen zu lassen.

»Sollen wir beginnen?«

Johanna setzte sich an den Tisch, faltete die Hände und neigte den Kopf. Tränen fielen buchstäblich aus ihr heraus. Sie bekam nicht einmal die Augen zu, geschweige denn ein Gebet heraus. Mit Schaudern ahnte sie, weshalb Er inzwischen deutlich strenger geworden war.

Er half nach: »Komm!«

Johanna räusperte sich: »Herr …«

Er hatte Hunger, wollte nicht warten: »Sei unser Gast.«

Er steckte sich die Serviette in den Halsausschnitt, nahm Messer und Gabel in die Hände und wünschte guten Appetit. Johanna wühlte nach einem Taschentuch, schnäuzte sich und schluckte. Wagte ansonsten nicht, sich zu bewegen, an Essen war gar nicht zu denken, ihr Magen machte nicht mit bei dieser Geschichte.

Er dagegen langte kräftig zu, füllte Seinen Teller bereits ein zweites Mal und forderte sie schließlich zum Handeln auf: »Du musst dich um Else kümmern. Sie hat schon zu lange einen Mann bei sich, der nicht ihr Mann ist. Wenn eine Schwester sündigt, dann geh hin und stell sie unter vier Augen zur Rede. Hört sie auf dich, so hast du deine Schwester gewonnen. Hört sie aber nicht, dann nimm noch einen oder zwei mit dir, damit auf die Aussage von Zeugen hin die Sache festgestellt werde. Hört sie aber noch immer nicht auf dich, dann sag es der Gemeinde. Hört sie aber auch auf die Gemeinde nicht, dann sei sie dir wie eine Heidin, eine Ungläubige.«

Während Er Seine Aufträge erteilte, aß Er sämtliche Kohlrouladen auf, sie mussten himmlisch sein. Johanna rührte ihr Gedeck nicht an. Wenn Er wegen Else gekommen war, hoffte Johanna, ahnte Er womöglich nichts von ihren eigenen Sünden. Er war ja die letzten Wochen vor allem mit sich selbst beschäftigt gewesen, vielleicht hatte Er nichts bemerkt von allem. Johanna hätte fast gebetet, dass ausgerechnet Er es nicht wissen sollte.

Er wischte sich mit der Serviette den Mund und lehnte sich zurück. Nahm den Wein, trank einen Schluck und musterte sie kritisch von oben bis unten: »Desgleichen möchte ich, dass die Frauen in würdiger Haltung, mit Schamhaftigkeit und Besonnenheit sich schmücken, nicht mit Perlenschmuck oder Kleiderluxus.«

Johanna legte ihre Hand auf ihren Ausschnitt, auf die Kette. Kann Er nicht netter mit mir sein?, fragte sie sich. Sie rang nach Worten, wollte einwenden, es sei der Schmuck ihrer Mutter gewesen.

Er ließ sie erst gar nicht zu Wort kommen: »Die Frau soll sich stillschweigend in aller Unterordnung belehren lassen.«

»Ja.«

»Wo steht das?«

»Erster Timotheus 2 ab Vers 9.«

»Sehr gut«, Er musste aufstoßen. »Liebe Johanna, die Anfechtung ist groß, das sehe ich wohl. Geh nun schlafen.«

Er kannte die Holländerin nicht. Wenigstens das blieb ihr erspart, es gab Lücken im System.

»Ich räume noch ab.«

»Natürlich.«

»Ich danke Dir für den Besuch!«

Er nickte ihr zu, stand auf und sagte zum Abschied: *Welte rusten!«*

Gute Nacht, auf Holländisch.

Als die Tür hinter Ihm geschlossen war, sank sie zurück auf ihren Stuhl. *Bereitet dem Herrn Seinen Weg*, sie hätte es wissen müssen, wie konnte sie sich so verrennen?

Er war ein Herr, ein Mann. Einer, der weiß, was Er wollte. Einer, der Menschen um Sich sammelte und Sich gern reden hörte. Er brachte es auf den Punkt, zog es durch, legte Sich an, auf Teufel komm raus. Er traute Sich was.

Johanna hatte das alles nie in Frage gestellt, hatte Ihn sein lassen, wie Er war. War Ihm nachgegangen, auf Schritt und Tritt. Ihr Leben lang führte sie Seinen Namen auf ihrer Zunge, redete mit Ihm, lag Ihm zu Füßen, ahmte Ihn nach, verehrte Ihn, freute sich an Seinen Geburtstagen und weinte über Seinen Tod, Jahr für Jahr. Sie konnte nichts dagegen tun, gar nichts. Nur dafür. Sie hatte anderes versucht, gespielt damit. Selbst da war Er dabei gewesen, nachts bei Apeldoorn wahrscheinlich oder unter dem Tisch der Investmentgesellschaft, wie peinlich. Und wenn Er befahl, gehorchte sie.

Was war aus ihrer Seele gerissen? Das Nein, dieses gottverdammte, wirklich eindeutige Nein besaß sie nicht. Selbst ein Hund konnte sich wehren, ein Reh fliehen, ein Fisch untertauchen, eine Katze kratzen oder fauchen, ganz wie sie wollte; selbst ein Virus war resistent. Aber sie, Johanna, hatte keine Wahl. Sie war eine Soldatin in Seiner Armee, die nun zu den Waffen zu greifen hatte. Es nützte nichts, Johanna ein Nein entgegenzuschreien, denn sie hatte die Wirkung dieses Wortes nie genießen dürfen.

»Du lebst in Sünde«, stellte Johanna auftragsgemäß fest, als ein alter Mann in Schlafanzughose mit verstrubbelten Haaren aus dem Schlafzimmer kam, den beiden Frauen fröhlich guten Morgen wünschte und weiter zum Badezimmer schlurfte.

Else hatte dieses Mädchen großgezogen. Die ganze Familie Becher hatte sich nie die Mühe gemacht, die Gebärdensprache zu lernen, aber dieser herrlich verzottelte Trottel tat es bereits, seine Hände konnten fliegen. Sie ließ nichts mehr auf ihn kommen.

»Du musst ihn heiraten!«
»Bin ich schwanger?«
»Hör auf mit den blöden Witzen, du verlierst dein Heil.«
»Ich bin heil, außer den Ohren.«
»Gott wird sich abwenden von dir.«

Else schüttelte den Kopf. Sie war bestürzt über die Unverfrorenheit, mit der Johanna hier in ihrem Haus auftrat.

Johanna selbst war verzweifelt über ihre eigenen Worte und durfte das nicht zeigen.

»Wieso heiratest du ihn nicht?«

»Meine Rente. Darum.«

»Der Herr sorgt für dich.«

Else schaute Johanna tief in die Augen, suchte nach Antworten. Das ist doch ihre Kleine gewesen und war es noch. Was ist aus dem Kind geworden? Eben wollte sie ihre Hand greifen, streicheln, drücken.

Johanna bemerkte das, sehnte sich nach ihrer Wärme, zog ihre Hand fort, stand schnell auf und verkündete nun offiziell: »Else, ich ermahne dich und sage dir hiermit als Schwester im Herrn: Sündige hinfort nicht mehr.«

Else begriff und explodierte. Johanna wurde jetzt offiziell, das hier war kein Besuch, das war Gemeindezucht, verordnet in Matthäus 18. Eine Richterin will die Kleine sein, eine Apostelin vielleicht? Warum nicht gleich eine Göttin? So schlug sie mit der flachen Hand wütend auf die Tischplatte, dass es krachte. Stand überstürzt auf, ihr Stuhl fiel nach hinten um. Theo öffnete die Badezimmertür, schaute hindurch, mit der Zahnbürste im Mund. Else krächzte aufgebracht, sie brachte die Worte nicht mehr zusammen.

Theo wischte sich mit einem Handtuch ab und kam näher: »Was ist denn hier los?«

Johanna versuchte es in versöhnlicherem Ton: »Wir lieben dich alle, Else.«

Else hob ihre Hand, wollte, dass sie schwieg, sonst werde sie ihr eine Ohrfeige verpassen. Johanna stand beschämt auf und ging, aber sie hatte ihren Auftrag durchgezogen und machte weiter.

Denn eine Woche später kam sie mit zwei weiteren Geschwistern als Zeugen zurück. Else erläuterte erneut ihre Lebensumstände und zeigte sich weiter uneinsichtig. Die Gemeindeleitung setzte eine Versammlung aller Mitglieder an und bat Else um eine Erklärung, so oder so. Diesmal brachte sie keine Blumen in die Kapelle, nahm aber ihren Theo mit. Die Satzung gestattete nicht, einen Ungläubigen dabeizuhaben, Else werde sich allein rechtfertigen müssen. So stand das alte Paar vor der Tür des Versammlungsraums und hielt sich unschlüssig an der Hand. Sollte Else in diese Höhle hinein?

Da löste sich Theo von ihr und sprach, seine Gebärden begleiteten die Worte: »Weißt du, an was mich das erinnert? An mein Parteiausschlussverfahren. Es lief genauso ab.«

»Du bist trotzdem Kommunist geblieben.«

»Na klar, aber nicht so stur.«

»Genau das werde ich auch tun.«

»Ja, Else. Du bleibst Christin. Wir sind zwei Isten und bleiben es auch.«

Das Wort Isten gab es auch in Gebärdensprache nicht. Else lachte, als Theo es in die Luft schrieb. Die Gemeindeversammlung drängte darauf, dass Else endlich erschien.

»Willst du da überhaupt noch rein?«

Else schüttelte den Kopf, er nahm sie am Arm und ging mit ihr zurück nach Hause.

Am Morgen danach fand Else einen seiner kleinen Briefe auf dem Nachttisch. Das tat er oft, Else liebte es. Diesmal ein Gedicht von Ringelnatz:

Ob du Artist, ob du Franz Liszt,
Ein Christ, ein Mist, ein sonst was bist, –
Bezweifle es. Und dir zum Heil
Bezweifle auch das Gegenteil.

Else wurde aus der Gemeinde ausgeschlossen, nur Lizzi und Mirek hatten dagegen gestimmt. Für die andern war sie fortan eine Heidin, eine Ungläubige. Nicht, dass da ein lauter Ton fiel, keine Schroffheit war ihr gegenüber zu spüren. Bloß waren die, mit denen sie jahrzehntelang Kaffee gekocht und Kuchen gebacken hatte, heute mit einem Mal beim Zahnarzt und morgen beim Gebet. Elses Worte und Gebärden gingen ins Leere, auf dem Spielplatz zogen die frommen Eltern ihre Kinder von ihr fort, als sei ihre Gottlosigkeit eine ansteckende Krankheit.

Heinrich schrieb Else einen letzten Brief, mit Schreibmaschine und dem Briefkopf der Gemeinde als Körperschaft des öffentlichen Rechts. Er kenne die Anfechtung wohl. Doch sie solle Buße tun, sich weiter verzehren im Dienst, sich preisgeben bis zum Kreuzestod für Seine Sache. Er sehe ihr Leben erschüttert, sie werde niemals glücklich werden an der Seite dieses Mannes.

Das tat Else besonders weh, sie empfand diesen Satz wie einen Fluch und wollte bald mit der ganzen Bagage nichts mehr zu tun haben.

Johanna hätte sich am liebsten in Luft aufgelöst, sie fühlte sich scheußlich bei alldem, doch sie hatte zeitlebens beherzigt, das ihre eigenen Gefühle falsch waren. Sein Wort war erfüllt, das allein zählte. Unsere Else war nicht mehr unter uns.

Ihr Begleiter war faulender Geruch geworden, der durchs Haus zog und in den Kleidern hing, selbst ausgiebiges Lüften half nicht, Johanna war übel davon. Seit Tagen regnete es ununterbrochen, die Dachziegel glänzten. Johanna saß am offenen Fenster, vor sich einen Notizblock, in der Hand ein Fernglas, sie schaute zu den Nachbarn.

Die Jüngere kochte Tee in einer schwarzen Kanne, jeden Tag um halb vier servierte sie dazu Kandis und Kekse; bei gutem Wetter im Garten, heute im Wohnzimmer. Die Ältere mochte Schmuck, ihren Hals schmückten braune Kreise aus Halbedelsteinen an Lederbändern und Perlen, an ihren Ohren hingen große Creolen. Sie war dick, trug weite Kleidung und hatte manchmal bunte Federn im Haar. Die beiden Frauen hatten keine Gardinen am Fenster, dafür sehr viele Grünpflanzen. Viele bunte Kissen lagen auf einem roten Sofa, das so groß war, dass man darauf lag, statt zu sitzen. Großflächige Bilder hingen an den Wänden, sie hatten unglaublich viele Bücher und Schallplatten und ganz wenige Möbel. Keinen Wohnzimmerschrank, aber Kommoden und Vitrinen. Johanna zeichnete sowohl den Grundriss des Wohnzimmers als auch die Positionen der einzelnen Möbel in ihren Notizblock und nahm sich vor, sich später einmal ähnlich einzurichten, wenn sie ein eigenes Wohnzimmer hatte.

Manchmal kam ein Gärtner, der schnitt den Frauen die Hecke. Johanna sah ihm dabei zu. Seine Arbeit war so überschaubar: Er schnitt die Hecke erst oben, dann an der Innenseite, schließlich außen. Dann kehrte er das Grünzeug zusammen, lud es auf seine Karre und transportierte es ab. Johanna liebte diesen klaren Ablauf, das befriedigende Ende. Sie beobachtete, wie die Frauen kamen und gingen, Eis lutschten, arbeiteten, Fotos machten, sich stritten, umarmten und wieder gingen und kamen. Wenn Johanna ihnen tatsächlich auf der Straße begegnete, grüßten die Frauen, aber Johanna ging geduckt an ihnen vorbei und sprach kein Wort.

Mirek kam nach dem Gottesdienst auf sie zu: »Du musst jetzt sehr stark sein. Ich muss dir eine traurige Mitteilung machen.«

Johanna war erschüttert. Er hatte ihr die Sache mit Else doch übel genommen, er würde mit Lizzi aus der Gemeinde austreten, und dann hatte sie keinen Menschen mehr!

Aber Mirek nahm sie liebevoll in den Arm und sagte betroffen: »Sie haben die Qualifikation nicht geschafft.«

»Wie bitte?« Johanna wusste nicht, wovon er redete.

»Frankreich ist schuld. Sogar Neuseeland spielt mit.«

»Fußball?«

»Sogar Honduras ist dabei und Kuwait und auch Kamerun. Aber Holland nicht. Bei der Weltmeisterschaft. So ist das.«

Johanna standen Tränen der Erleichterung in den Augen.

Mirek winkte seine Lizzi ran, die nicht wusste, um was es ging, aber auch sie wollte Johanna trösten. Und so konnte sie endlich an den Schultern der beiden heulen. Alle Dämme brachen bei ihr.

»Was ist passiert?«, fragte ihr Vater dazwischen.

»Wir weinen um Holland«, verriet der Melker.

»Was ist mit Holland?«

Mirek kam ins Rotieren, wollte nicht wirklich lügen, aber: »Es wird immer flacher, von Jahr zu Jahr.«

Der Vater stutzte, wandte sich an Johanna: »Und das macht dich weinen?«

Johanna nickte, putzte die Nase antwortete: »Armes Holland.«

Kopfschüttelnd ging der Vater wieder.

Mirek und seine Lizzi trockneten Johanna die Tränen und lachten miteinander.

»Danke, Mirek. Lizzi. Danke.«

Die beiden hatten eine kleine Tochter, deren schwarze Locken verschwitzt an ihrem zu großen Kopf klebten. Sie konnte schon sitzen, aber sabberte beständig aus dem Mund, röchelte furchterregend beim Atmen, hatte drei Finger an der linken Hand, das Gesicht deformiert, sie raunte und grunzte. Mirek und Lizzi kümmerten sich rührend um ihr Kind. Ihr Prediger blickte das arme Wesen an, dann die Eltern. Atmete tief ein und aus, schwieg.

Es gab für Heinrich, der über solch glänzende Beziehungen zum Himmel verfügte, eine Art Strohhalm von ganz oben nach ganz unten. Wer eine vollkommene Nähe zu Gott pflegte, der achtete darauf, diesen Strohhalm nicht mit irdischer Versuchung zu verstopfen, noch mit Schuld und Nichtigkeiten. Täglich wurde diese Verbindung in Gebeten geputzt und in Andachten gepflegt, auf dass die Herrlichkeit des Himmels hindurchfließen konnte. Wem das gelang, so glaubte Heinrich, konnte den Himmel auf Erden haben.

Beim Blick auf das Mädchen ermutigte deshalb Heinrich den Melker: »Wenn du Großes glauben kannst, wird dein Kind gesund.«

Mirek hatte zeit seines Lebens das Gefühl gehabt, nicht genug zu glauben. Aber dieses Mal schüttelte er mutig den Kopf.

»Mein Kind ist nicht gesund, ja. Aber ich fürchte mich nicht davor, es ist, wie es ist.«

Johanna machte ihm Mut, der Herr könne vielleicht doch etwas tun für das Kind.

»Johanna«, bat Mirek, »wollen wir die Dinge nicht einfach so nehmen, wie sie sind?«

Johanna fühlte, dass er richtig lag, und sagte nichts mehr. Heinrich dagegen schwor die Gemeinde darauf ein, dass Gott Wunder wirken könne. Johanna wollte das hoffen, dem Kind zuliebe. Sie rückten zusammen, sangen, fasteten und beteten tage- und nächtelang, bis die Vision gefestigt war, dass das Mädchen gesund würde.

5 38 So ging Heinrich mit zwei Brüdern in das Zimmer des Kindes. Nachdem er eingetreten war, sprach er zum polnischen Melker: 39 »Das Kind ist nicht krank.« 40 Und er ergriff die Hand des Kindes und sprach zu ihm: »Mädchen, ich sage dir, steh auf.« 41 Doch es röchelte und sabberte weiter.

Also wurde von den drei Brüdern gemutmaßt, der Strohhalm des polnischen Melkers habe womöglich eine Verstopfung. Mirek fiel es sehr schwer, seinem Prediger zu widersprechen, der da mit den Ältesten auf der Couch in seiner kleinen Wohnung saß. Johanna und Lizzi standen dabei.

»Bruder Becher, willst du damit sagen, dass ich gesündigt habe und mein Kind deshalb krank ist?«

»Weder die Eltern noch das Kind haben gesündigt, sagt Christus. Vielmehr sollen die Werke Gottes an ihr offenbar werden. Wenn du nur Seine Kleider berührst, wird deine Tochter gesund.«

Mirek dachte anders. Er konnte so recht keine Worte dafür finden, was genau er anders dachte. Aber ihm war, als werde er bald eine gelbe Karte ziehen. Es half ihm, zu seiner Lizzi hinüberzuschauen, die er sich vorstellte wie eine Linienrichterin, welche auch nervös mit der Fahne fuchtelte. Johanna stand dabei, ihr war unwohl, sie hörte zu und schwieg.

Lizzi fragte: »Gibt es im Reich Gottes keine Kranken?«

Der Prediger zitierte aus der Schrift: »Blinde sehen, Lahme gehen, Taube hören, Tote werden auferweckt, Aussätzige werden rein. Gott kann heil machen.«

Lizzis Ton klang inzwischen etwas aufsässig: »Was gibt's denn sonst noch nicht in deinem Reich Gottes? Also zum Beispiel Homosexuelle. Gibt's die?«

Heinrich wurde weiß wie Schnee: »Wieso denn gerade das?«

»Nur so, Bruder. Nur so.«

Aber Heinrichs Stimme blieb anmaßend: »Ich habe nichts gegen diese Menschen, aber – weißt du, Ursache dieser Verfehlung sind tiefe emotionale Verwundungen, die geheilt werden können. Wenn sie geheilt sind ...«

Jetzt wurde Mirek mutig: »Und was gibt's noch nicht im Reich? Juden?«

Heinrich bekam wieder Farbe im Gesicht: »Jesus spricht: Ich bin der Weg und die Wahrheit und das Leben. Niemand kommt zum Vater außer durch mich.«

Mirek steckte die gelbe Karte zurück, beriet sich am Spielfeldrand mit Lizzi; beide entschieden sich jetzt gemeinsam für einen Platzverweis.

Der polnische Melker, der keiner war, fürchtete sich nicht mehr, er hatte jeden Respekt vor seinem Prediger verloren: »Ein Reich ohne Juden, ohne Kranke und so weiter? Soll ich dir was sagen?« Jetzt ging er dicht an Heinrich heran und brüllte laut: »Das kommt mir irgendwie bekannt vor!«

Ein Tumult schloss sich an, der beinahe in eine Schlägerei übergegangen wäre. Aber das schien dem Kind nicht zu gefallen, es heulte beunruhigt. Johanna nahm es auf den Arm und wiegte es hin und her. Sie drückte ihr Gesicht in die zarte Bluse der Kleinen, atmete den Kinderduft, wünschte sich feuchtes Laub über sich selbst und endlich ewige Ruh. Oder? Gibt es doch andere Wege oder gar viele Wahrheiten?

»Johanna!?«, unterbrach ihr Vater diese Zärtlichkeiten mit dem Kind und hielt ihr die Tür auf.

»Wir werden diese Menschen nie wieder sehen.«

Johanna gab dem Mädchen einen Kuss, legte es in die Arme seiner Eltern und ging ohne ein weiteres Wort mit ihrem Vater.

Als die Tür sich hinter ihnen schloss, hörte sie Lizzi sagen: »Weshalb sagt Johanna nichts?«

»Sie schafft es noch«, antwortete Mirek. »Es ist nicht leicht für sie.«

An der Straßenkreuzung, es ist inzwischen Abend. Johanna spaziert hinter der Kreuzung in eine Straße hinein, leiht sich in einem Musikgeschäft eine Gitarre aus, setzt sich zurück auf ihren Campingstuhl und stimmt die Saiten. Spielt einige Akkorde an, Er scheint in die Lektüre einer Zeitung vertieft. Hinter Ihm stehen einige große Kerzenständer mit sehr vielen brennenden Kerzen, die Ihm reichlich Licht spenden.

JOHANNA   Ich habe Rob nie wieder gesehen.

Er lässt die Zeitung sinken, schaut sie an und lächelt breit.

ER   Erinnerst du dich an das Shiatsu-Seminar in Rom, 1998 im Herbst? Er hatte im selben Hotel ein Zimmer, ihr habt in einem Raum gefrühstückt.
JOHANNA   Zur selben Zeit?

Er nickt.

JOHANNA   Das darf nicht wahr sein! War er allein?
ER   Sie heißt Mareike, drei Kinder haben sie miteinander. Sie haben dort ihren zehnten Hochzeitstag gefeiert.

Johanna hing ihren Gedanken nach.

JOHANNA Was passiert so alles, und man erfährt es nie. Wenn man alle Zufälle kennen würde? Wenn man wüsste, wem man nicht begegnet ist, wen nicht gesehen hat, leider. Oder zum Glück. Vielleicht ist das Leben doch ein Karussell oder eine Achterbahn.

Sie sieht Ihn an.

JOHANNA Weißt du, was morgen in der Zeitung steht?

Er braucht gar nicht zu antworten.

JOHANNA Ich möchte dich gern mal predigen hören, im Original.

Er macht keine Anstalten, versteht sie noch nicht richtig.

JOHANNA Ich bitte dich!
ER Was?
JOHANNA Ein einziges Mal dein Wort. Ohne Auslegung, pur.
ER Jetzt?
JOHANNA Wann sonst?

Er zupft sich Sein Hemd zurecht, zieht den Schlips gerade. Geht nach vorn. Baut sich auf und predigt. Ohne Umschweife. Es gibt kein Lied, keine Zeremonie.

ER Im Anfang war das Wort, und das Wort war bei Gott. Am Ende hat es mir die Sprache verschlagen. Auf so vielen Kanzeln und Podesten werden mir meine Worte im Mund herumgedreht, zu Politik gemacht oder in drei mickrigen Akkorden gehustet, dass mir schlecht davon wird. Mein Wort wird so manches Mal von Menschen im Munde geführt, von denen ich nicht mal angespuckt werden will. Wahrlich, ich sage dir: Ich bin in allen Gotteshäusern und in allen Tempeln und in der Wüste und im Meer und unter der Erde derselbe, ob du damit leben kannst oder nicht. Wenn ein christlicher Missionar loszieht und einen Moslem verbiegen will, so ist das zu nichts nutze, außer dass er eine schöne Reise unternimmt. Denn keiner hat mich oder hat mich nicht. Ich heiße, wie immer ich gerufen werde. Alle sind richtig, keiner kennt mich genau oder begreift mich für sich allein. Fastet für mich an Ramadan, singt mir Lieder zu Weihnachten, steckt mir Briefe in die heilige Mauer, bleibt einfach lange still oder tanzt oder lasst die Gebete im Winde flattern wie Fahnen. Ich sitze an jedem Tisch. Mich gibt's als Auflauf, als kalte Suppe, als Nudelgericht, als Knödel und Kartoffelbrei, als Reis und als Hirse, immer anders, aber immer gut.

Sein Ton ändert sich, Er wird engagierter, dann lauter.

ER Ein neues Gebot gebe ich euch: Hört auf mit dem Tinnef! Vertragt euch alle miteinander, Ruhe im Stall. Das Maß ist voll, es reicht mir. Müsst ihr immer streiten? Wie oft muss ich das noch sagen? Jeder räumt jetzt sein Zimmer auf, aber sofort.

Er hat sich in Rage geredet, schwitzt. Atmet erschöpft aus. Johanna hat einen Notizblock auf dem Schoß, einen Stift in der Hand. Hastig notiert sie. Er sieht sie an.

ER Du schreibst mit? Lass das, schreib es nicht auf. Ich möchte das nicht.

Erschöpft nimmt Er neben ihr Platz und wischt sich die Stirn.

JOHANNA Das ist doch mal was Neues! Das brauchen wir schriftlich, dein neues Wort.
ER Vergiss, was geschrieben steht. Es gilt das gesprochene Wort, ich hab jetzt Pressesprecher.
JOHANNA Wo finden ihre Konferenzen statt?

Er möchte, dass sie leise ist, lauscht. Johanna glaubt, außer den üblichen Geräuschen nichts zu hören. Er zeigt in die Luft.

ER In den Bäumen sind die Konferenzen, aber nicht abends, sondern in der Früh. Ich habe eine Meise. Nicht nur eine, ich habe Millionen Meisen. Und Amseln, Tauben, Schwalben, Kakadus, Möwen, Regenpfeifer, Spechte, Nachtigallen, Vögel hab ich, viele Vögel, die sitzen in den Bäumen und zwitschern: Trili trililili, priu priu, brilliu iu iu. Die sprechen für mich.
JOHANNA Wie höre ich aus diesem Getriller und Gepfeife heraus, was du willst?
ER Das ist ganz einfach, nimm mal eine der leichteren Fragen: Herr Gott, ich denke gerade darüber nach,

meinen Nachbarn zu erschlagen, denn er hat meine Frau zur Frau genommen. Was sagst du dazu? Die Antwort meiner Pressesprecher lautet: ... Trili trlilili, priu priu, brilliu iu iu.

JOHANNA Das ist nur eine einfache moralische Frage ohne jeden Zweifel, natürlich darf er den Nachbarn nicht erschlagen. Nimm eine schwerere.

ER Soll ich meinen Sohn opfern, um dir meine Liebe zu beweisen? Da wird ja eine ganze Horde Vögel verrückt! Wenn man so einen Schwachsinn fragt.

JOHANNA Entscheidet von nun an gesunder Menschenverstand?

ER Unterschätz diese Fähigkeit nicht.

JOHANNA Aber Lebensfragen, entscheidende?

ER Zum Beispiel?

JOHANNA Wenn eine fragt: Da gibt es einen Mann, dessen Hände und Lippen ich so gern berühre, an dessen Seite ich so gern stehe und an dessen Blick ich mich nicht sattsehen kann. Was sagst du? Hält diese Liebe ein Leben lang?

ER Trili trlilili, priu priu, brilliu iu iu.

JOHANNA Das ist doch keine Antwort!

ER Entscheide selbst, statt geführt zu werden.

JOHANNA Und wenn die Ehe schiefgeht?

ER Dann ist sie schiefgegangen, das passiert ziemlich oft.

JOHANNA Aber mit deinem Segen doch nicht!

Er tippt sich an die Stirn.

ER Du hast doch eine Meise!

Achtes Kapitel

Johanna schreckte inzwischen jede Nacht auf, als habe sie jemand berührt. Während sie gnadenlos lang wartete, wieder einzuschlafen, glaubte sie ein regelmäßig rauschendes Atmen zu hören, wie von jemandem, der neben ihr schlief. Sie hielt die Luft an, horchte ins Dunkel – sie war sich dessen ganz sicher, doch wenn sie das Licht einschaltete, war niemand da.

In der nächsten Nacht war es still, dann kam es wieder, hörbar nur in der Schlaflosigkeit. Tagsüber streifte sie andauernd irgendwas, Ekliges legte sich um ihre Waden oder wischte ihr durchs Gesicht.

Schon eine Kleinigkeit brachte sie aus der Fassung. Eben war es ein dunkler Schatten, sie sah hoch. Da krabbelte eine Spinne: fett, schwarz und groß. Ihre widerlichen Beine hoben ihren großen Körper und huschten an der Decke entlang, dann zur Fensterseite, wo sie stehen blieb.

»Komm«, sprach Johanna laut mit sich selbst, »die lässt sich wegmachen, irgendwie.«

Die Vorstellung allerdings, sie müsse so nah an das Tier, um es mit dem Besen auf eine Schaufel zu bringen, ließ eine gewaltige Übelkeit losbrechen, ihr wurde schwindelig. Zu viel Atem kam dazu, kein Ausatmen mehr, Herzrasen. Johanna drückte sich in die Ecke, doch noch immer reichte der Abstand zwischen ihr und der Spinne nicht.

Sie bewegte sich wieder, lief rasant an der Decke herunter. Johanna versuchte auszuweichen, aus der Ecke raus, an der Wand entlang, weiter kam sie nicht, die Spinne versperrte den Weg zur Tür. Johanna wähnte sich derart in Gefahr, dass sie wie eine von Verbrechern Bedrohte laut um Hilfe schrie. Bei den Nachbarinnen stand das Fenster auf. Die Ältere hörte ihr Rufen und unterbrach ihre Arbeit.

Johanna jaulte um ihr Leben, drückte sich an die Wand. Das Widerliche blieb an der Fußleiste stehen, lief dann los, auf Johanna zu. Sie presste die Hände vors Gesicht, schlug die Fäuste heftig aneinander und winselte wie ein Tier.

Die Nachbarin beunruhigten diese Schreie zu sehr, sie nahm ihre Schlüssel, zog sich eine Jacke über und ging hinüber, stand besorgt vor Johannas Haustür und horchte.

Da packte Johanna endlich die Familienbibel und warf sie auf das Vieh, dass es krachte und knackte. Und rannte so schnell sie konnte davon, nur raus, der besorgten Nachbarin in die Arme, schreiend, schlotternd. Die fing sie auf und nahm sie mit.

Später saß Johanna auf dem roten Sofa zwischen den bunten Kissen, mit einem frisch aufgebrühten Tee. Es fühlte sich an, als sei ihre Mutter wieder da.

Kerzen brannten im Haus, es duftete endlich wieder gut, der Holzboden und die Teppiche waren gemütlich. Ruth hatte die Musik laut gestellt, *Zauberflöte* und später Bryan Adams aufgelegt. Johanna wurde verwöhnt in Schaumbädern mit Ölen, frischen Salaten und Apfelstrudel mit heißer Vanillesoße. Ihre beiden Gastgeberinnen waren alt und jung und dick und dünn und beließen es freudig dabei.

»Eine Frau mit Doppelkinn«, verkündete die dicke Marga und hob das Glas in Richtung Johanna und ihrer Tochter Ruth, um ihr Lebensmotto auch ihrem neuen Gast bekanntzugeben, »eine Frau mit Doppelkinn ist nie allein!«

Johanna lag später mit offenen Augen im Gästebett, die Wände waren dünn, sie lauschte den Gesprächen und dem Lachen der beiden. Und endlich lernten sich in ihrem Bett auch zwei Frauen kennen, die Holländerin wurde der Frommen vorgestellt. Man verstand sich erst halb so gut.

Johanna erholte sich für einige Tage auf dem großen roten Sofa, umsorgt von den beiden Frauen. Die besaßen sogar ein Mah-Jong, aber sie kannten die Regeln nicht. Johanna brachte es den beiden bei. Als der Vater klingelte, erklärte Ruth ihm freundlich, Johanna brauche Erholung und Hühnersuppe. Es sei mal wieder eine Frauensache, langwierige Geschichte. Der Vater war beunruhigt, aber er widersprach nicht, weil ihm diese Frauen unheimlich waren.

Johanna sehnte sich nach Bewegung, wollte aber nicht in ihren vertrauten Stadtwald gehen. Marga schlug ihr vor, mit dem Zug raus ins Bergische Land zu fahren, schon in weniger als einer Stunde lief Johanna durch herrliche Wälder und kam später in eine kleine Stadt mit schieferbedeckten Häusern, einem malerischen Marktplatz mit Brunnen und Blumenkästen. Es war ein warmer Tag, Tische und Stühle standen draußen, Menschen unterhielten sich, aßen und tranken miteinander.

Johanna stand hungrig am Rand des Geschehens und traute sich nicht, an einem der Tische Platz zu nehmen. Deshalb setzte sie sich auf den Brunnenrand und schaute den Leuten zu. Was tat diese Welt den ganzen Tag?, fragte sie sich. Was war sonntags geschehen, während sie ihr Leben lang im Gottesdienst gesessen hatte? Hatten die Sünder Angst vor Spinnen? Welchen Regeln folgten sie? Worüber redeten sie?

Zwei Rentnerpaare setzten sich in diesem Moment zum Brunnen, Johanna belauschte sie.

»Fahren wir da mal hin? Nach Weltersbach?«
»Wohin?«
»Weltersbach!«
»Warum?«
»Da waren wir noch nicht.«
»Ich hab 'ne Schwägerin in Kirn. Wir sind mit dem Rad im strömenden Regen los. Frühmorgens war es schrecklich, aber vormittags sonnig und warm.«
»Also, wir fahren überall hin, wir finden immer einen Parkplatz, immer!«

Johanna rätselte, wer die Paare zusammengefügt hatte? Sie hatten alle möglichen Sachen im Kopf, wie kamen die da rein? Wonach richteten sie sich am Morgen, und was bereinigten sie am Abend? Nur ihre Zähne?

Was für einen Sinn machte es, nach Weltersbach zu fahren, ohne Traktate zu verteilen? Wieso waren diesen Leuten das Herumfahren und das Wetter so wichtig?

Ihr Bewusstsein, eine Sonstige zu sein, war so

selbstverständlich, dass sie hingenommen hatte, nicht in den Urlaub zu fahren, keine Romane zu lesen, keine Feste zu feiern, nicht tanzen zu gehen. Johanna hatte keine Wahl gehabt, sie war in den Dienst genommen worden, einsam in der Wüste zu rufen und sich dabei lächerlich zu machen.

Ja, dachte Johanna untröstlich. Lächerlich machen und auf alles verzichten. Für alle Ewigkeit? Entschlossen stand sie auf und ging hinüber zum Juwelier an der Ecke. Sie entschied sich für die silbernen Sterne. Mit einer Pistole jagte die Verkäuferin Metallstifte durch die Ohrläppchen. Johanna wurde kreidebleich und zitterte, sie fühlte sich, als habe man ihr durch den Kopf geschossen.

»Normalerweise tut das niemandem wirklich weh.«

Aber Johanna war eben gerade nicht normal. Nicht mitmachen, anders sein, auserwählt, nicht von dieser Welt. Kein Schmuck, kein Tand. Aber jetzt war sie eine süße Biene.

»Jetzt setzen Sie sich erst einmal hin, das war doch nur ein kleiner Piks. Ich hole Ihnen ein Glas Wasser.«

Aber Johanna konnte nicht sitzen. Elend schwankte sie zurück zum Brunnen. Die Verkäuferin stand in der Tür, mit einem Glas Wasser in der Hand sah sie zu ihr herüber. Johanna war das alles so peinlich, ihr wurde schlecht wie bei der Spinne, sie musste sich irgendwo ausruhen, bis der Brechreiz sich legte. Noch immer schaute die Verkäuferin zu ihr, Johanna wollte nicht beachtet werden, sie schämte sich, Umstände zu machen.

Es waren ja nur Ohrringe, machte sie sich vor, die ihr Leben lang verboten waren. Einen Schritt nach vorn, das tragen die Sünder, so ein Unsinn! Über den Marktplatz, kurz vor der Seitenstraße – sie war zu weit gegangen.

Die Verkäuferin hatte sie nicht aus den Augen gelassen, nun sah sie ihre Kundin, die an der Straßenecke zusammenbrach. Die Rentner liefen hinzu und versuchten Johanna zu beruhigen, sie seien auch schon mal umgefallen. Die Verkäuferin hatte einen Apotheker alarmiert, der leistete Erste Hilfe.

Johanna bat den Helfer, ihr die Ohrringe rauszunehmen, mehr nicht. Aber der Mann nahm sie kurzerhand hoch und trug sie in seine Apotheke, legte sie im Hinterzimmer auf eine Liege und deckte sie zu. Maß Blutdruck und kochte Tee. Johanna genoss seine Zuwendung, so viele liebe Menschen plötzlich. Die Nachbarinnen, Mirek eh und Lizzi, die Verkäuferin und nun dieser fürsorgliche Apotheker. Von ihrer Liege aus konnte sie eine Modelleisenbahn sehen, die im Schaufenster aufgebaut war. Die Rentner liefen draußen hin und her, die Lok fuhr bedächtig im Kreis. Ein Bewegungsmelder ließ sie vorwärtsfahren. Der Apotheker bemerkte, dass Johanna das erfreute, und berichtete ihr von Spurgrößen und Gleichstromanlagen.

Das also machten die vermeintlichen Sünder, dachte Johanna, deren Leben keinen Sinn hatte und die wegen ihrer Verfehlungen in der Hölle verderben werden: Eisenbahnen aufbauen. Nach Hause, dachte Johanna erschöpft.

»Was hast du an den Ohren?«
»Nichts.«
»Du hast doch was an den Ohren?«

»Gebissen.«
»Wer hat dich gebissen?«
»Insekten.«
»An beiden Ohren?«
»Ja.«
»Na, das ist ja seltsam.«
»Ja.«
Keine Frage blieb hier offen, jeder Teil des Tages stand unter Beobachtung, jede Regung, es könnte ein Abweichen sein. *Lieber Vater*, bereitete Johanna ihren Abschied gedanklich vor, *ich habe mich verändert, ich werde gehen.*
»Man sagt, du warst in Holland?«
»Ein Missionseinsatz.«
»Mit wem?«
»Von der Bibelschule organisiert.«
»Ich werde mal da anrufen.«
Es entstand eine kurze Pause. Spannung lag in der Luft.
»Was ist damals mit der Diakonisse geschehen?«
»Welcher Diakonisse?«
»Die aus unserm Haus geflohen ist, als ich klein war, nach der Zeltmission, wie von Hornissen gejagt.«
»Daran erinnere ich mich nicht mehr, das ist doch Jahre her.«
Beide schauten sich jetzt an, Johanna hielt ihm stand, erstmals.
»Ich kann ja mal anrufen«, reizte sie ihn.
Er sagte keinen Ton mehr.

In der ersten Nacht nach ihrem Heimkommen schlief sie kaum, es kam ihr vor, als läge sie in einem fremden Bett. Johanna hätte gern andere Möbel gehabt oder alles umgestellt. Sie wünschte sich einen Holzfußboden mit Teppichen drauf, wie bei den Nachbarinnen. Eigentlich gefiel ihr nichts mehr. Johanna ging in Gedanken andere Möglichkeiten durch, erwog Veränderungen. Sie könnte so lange bei Lukas unterkommen.

Am folgenden Morgen wollte Johanna gehen, aber sie ging nicht mehr. Ihr rechtes Bein stand nicht mehr, sie fiel vor dem Bett jäh auf den Fußboden. Bis zu diesem Moment hatte sie nie über ihre Beine nachgedacht, sie waren wie selbstverständlich gegangen. Nun fühlte sich ihr rechtes Bein an wie Disteln und Holz.

Liegend zog sie sich auf dem Fußboden Richtung Tür, die Arme blieben kräftig genug, sie robbte um die Ecke, keuchte und schwitzte. Johanna drückte die Badtür auf und zog sich an der Toilettenschüssel hoch. Weinte nicht, war noch zu überrascht.

Sie nahm Papier, wollte sich abputzen, aber die Drehung gelang nicht, ihre Hand erreichte ihre eigene Unterseite nicht mehr. Nun erschrak sie doch.

Johanna stützte sich am Waschbecken auf und zog sich hoch. Im Spiegel sah sie das schmerzverzerrte Gesicht einer alten Frau an, deren Haare am Kopf klebten. Unerwartet jetzt ein Knirschen, Dübel stülpten aus der Wand wie Korken aus der Flasche, Porzellan brach, ihr Körper fiel hinterher, Scherben schnitten in die Handballen, sie blutete. So blieb sie lange liegen.

Diesmal entdeckte sie Ruth, Lizzi kam, Mirek half. Johannas Schnittwunden wurden im Krankenhaus genäht.

Der Radiologe studierte die Aufnahmen ihrer Wirbelsäule und schüttelte den Kopf: »Ihr Rücken ist völlig in Ordnung, die Bandscheiben einwandfrei. Sie können nur Schmerzen an der Schnittwunde haben, aber der Bewegungsapparat ist ohne Befund.«

Man spritzte ihr was, und die Schmerzen ließen vorerst nach.

Zu Hause packte sie einige Kleidungsstücke in ihre Tasche, dazu Kulturbeutel, Fön, diese Dinge. Schrieb einen kurzen Brief an den Vater, sie sei bei Lukas. Dann schleppte sie sich aus dem Haus.

Auf dem Weg zum Bahnhof stand Er am Kiosk, Johanna tat, als sehe sie Ihn nicht. Sie zog ihr Bein nach. Im Zug saß Er einige Reihen vor ihr, sie wechselte unter Anstrengungen den Waggon, weg von Ihm. Sie konnte sich kaum noch bewegen, die kleine Tasche wurde schwer. Der Zug war noch lange nicht in Mainz angekommen, Er stand plötzlich vor ihr und kontrollierte in Uniform die Fahrscheine. Johanna blieb nichts anderes übrig, sie stieg beim nächsten Halt einfach aus, Koblenz. Vom Gepäckträger ließ sie sich auf die Handkarre nehmen, so wurde sie in ein Hotel gegenüber vom Bahnhof geschoben und wollte ein Zimmer buchen.

»Brauchen Sie einen Arzt?«, fragte der Mann an der Rezeption bestürzt.

Johanna lehnte schmerzverzerrt ab: »Ich muss mich nur mal ausruhen. Wenn Sie mir bitte helfen könnten?«

Er nahm sie auf seine Arme und trug sie auf ihr Zimmer und bat: »Sie rufen mich an, wenn Sie einen Arzt brauchen, versprochen?«

Johanna nickte, und der Mann ließ sie allein. Sie lag auf ihrem Bett, holte tief Luft. Wollte stehen, gehen, versuchte es, aber ihr Bein tat zu weh.

»Willst du mit mir gehen?«, fragte Er.
Johanna verlor nun jeden Mut, da war Er also wieder.
Von allen Seiten umgibst Du mich, o Herr. Er hatte sie nicht verlassen, Er war ihr treu geblieben. Sie darf sich wieder Seinem Schutz anvertrauen. Dann tut ihr nichts mehr weh.
»*So nimm denn meine Hände*«, Johanna flüsterte das Lied mehr, als dass sie sang, »*und führe mich …*«, Johanna konnte sich bereits aufrichten, sie hockte schon auf der Matratze wie eine Katze, auf allen vieren, den Buckel etwas hoch. »*Ich kann allein nicht gehen*«, sang sie klagend weiter, »*nicht einen Schritt.*«
»Komm zurück, komm nach Hause«, lockte Er in ein und demselben Ton wie ihr Vater in der Zeltmission.
»*Wo Du wirst gehen und stehen, da nimm mich mit.*«
Er würde ihren Körper tragen wie ein lieber Vater, sie brauchte nur ab und zu *bitte, bitte* zu sagen und *vergib mir* oder *gib mir* dies oder das.
Aber als hätte Marga gedacht, fragte sich Johanna selbst: »*Was macht ein Kind, wenn es laufen lernt?*«
»*Es fällt auf die Fresse, bis es laufen kann.*«
Johanna machte Ihm darum in trotzigem Ton klar: »Mein Wille geschehe, meiner! Du kannst ja gern weiter Lämmer hüten, ich aber werde mich in Zukunft alleine verirren.«
»Wohin?«
»Mal sehen.«
»Es wird dir etwas passieren.«
»Ich hoffe es!«
Sie verweigerte Seine Hand, es war vorbei. Und

wenn sie hier auf dem Fußboden verrecken sollte, es war vorbei!

Der Tag danach. Sie öffnete die Augen, schloss sie wieder. Was für ein Traum! Guckte wieder: schmaler Raum, etwas mehr als ein Fenster breit, mattgelbe Tapete, leere Regale in Kiefernfurnier, türkisfarbene Gardinen, der Schreibtischstuhl Ton in Ton, ein winziger Fernseher. Sie würde heute keine Bibel aus dem Regal holen noch das Losungsheft oder ein Notizbuch dazu. Er würde ihr heute nichts mitgeben in den Tag. Sie schaute in die Schublade, eine Bibel lag parat! Sie schloss die Lade.

Johanna fühlte sich, als habe man sie in ein zu großes Bett gelegt, ohne Decke. Sie hatte nur noch Fragen, keine Antworten mehr. Wer gab nun die Richtung vor? Was taten die anderen zu Beginn eines Tages? Aufstehen. Das war ein Plan. Konnte der Fuß gehen? Eine wacklige Angelegenheit, aber er ging.

Das Duschwasser schien ihr etwas zu kühl. Sie hätte es regulieren können, wärmer drehen, aber sie scheute sich. Sie wollte nicht unverschämt werden, das hatte die Hotelleitung womöglich so eingerichtet, die Dusche so kalt eingestellt vorgegeben, um Energie zu sparen. Johanna wollte nicht aus der Reihe tanzen.

Sie ging zögernd durch das Treppenhaus nach unten, suchte den Frühstücksraum, zugleich war ihr elend zumute, sie wagte nicht, nach dem Weg zu fragen. Johanna hielt sich am Treppengeländer fest, schlich schon die Stockwerke hoch, da lief sie einer Frau in die Arme.

»Guten Morgen! Sie suchen den Frühstücksraum? Bitte sehr.«

Man hielt ihr die Tür auf. Es war ihr furchtbar peinlich, sie lief rot an und wollte im Boden versinken.

»Wo möchten Sie Platz nehmen? Draußen auf der Terrasse? In der Sonne vielleicht?«

»Danke, das ist doch nicht nötig.«

»Aber ich bitte Sie! Kaffee? Tee?«

Johanna war überfordert von dem ausladenden Büfett, unsicher wählte sie ausgerechnet die Speisen, die ihr nicht schmeckten, als würde sie dadurch weniger auffallen.

Der Rücken war noch verkrampft, ihr Hintern tat weh. Aber sie konnte einen Fuß vor den andern setzen. Johanna ließ sich treiben, ging einfach vor sich hin, durch die Straßen.

Es war Sonntag vormittag, alles war anders, der Gottesdienst wäre um zwölf zu Ende. Hier rollten die Kinder auf Dreirädern über den Bürgersteig, hinter einer Hauswand war eine Kneipe, aus der laute Musik auf die Straße drang. Es klang anders, *Latin Jazz Brunch* stand auf einem schwarzen Schild mit Kreide geschrieben.

Die Gäste saßen im Garten, und immer wieder dachte sie daran, dass keiner von denen in die Kirche ging. Sie bekam diesen Gedanken nicht aus dem Kopf. Die Musiker hatten ihre Bühne in der Gaststube aufgestellt und spielten durch eine geöffnete Flügeltür nach draußen, zu den Leuten. Kellnerinnen winkten Johanna heran, die Plätze im Garten seien ausgebucht, sie könne sich an die Theke setzen. Sie bekam Apfelsaft und Gebäck und schaute sich die Musiker an.

Sicherlich waren diese vier Männer und eine Frau erwachsene Leute, doch sie spielten so verzückt miteinander, als hockten sie wie Kinder im Sandkasten, so kam es Johanna zumindest vor. Der Trommler schien sich in wilden Hecken Stöcke zurechtgeschnitten zu haben, mit denen er nun auf Eimer, Teller und Töpfe donnerte, als seien es flache Pfützen. Schlammspritzer flogen gegen kleinere Schellen und ließen sie rasseln. Dabei grinste der Trommler wie ein Junge, von dem die Mutter nichts verlangte, außer fröhlich zu sein. Johanna ließ sich von seiner guten Laune anstecken, ohne Mühe bestellte sie einen leichten Rotwein.

Ein winziger Trompeter mit Nickelbrille schleuderte hohe Töne in die Luft, die tiefen schüttelte er auf den Boden. Der Mann am Kontrabass verbeugte sich rhythmisch hinter seinem riesigen Instrument, mal öffnete er seinen Mund, ein andermal schob er die Unterlippe nach vorn. Dabei schaute er aufs Notenblatt, als konzentriere er sich darauf, ob sein erster Kuchen im Backofen aufging. Der Pianist konnte Regen machen, seine Tropfen fielen leicht und warm und perlten im Rinnstein nach. Die Sängerin hielt ihr Mikrofon, als schlecke sie Stracciatella auf dicker Waffel. Sie hatte ihre langen, krausen Haare mit einem Tuch nach oben gebunden und stand mit ihrem Kopfschmuck aufrechter als die anderen Musiker. Johanna hatte immer still an ihrer Orgel gesessen, hier spielten gar die Hintern der Musiker mit: Die Sängerin wiegte ihren wie eine Acht herum, der Trompeter drückte seinen zu, je schneller er wurde. Der Gitarrist schob seinen Hintern so weit vor, dass seine Hüftknochen das Instrument endlich trugen. Der Bassist stand breitbeinig hinter dem Kontrabass und schaukelte seinen Po hoch und nieder, die des Pianisten und des Trommlers hopsten auf den Sitzen.

Was war das hier?, fragte sich Johanna. Kein Bumm

auf dem ersten Schlag eines Vierviertaltakts, keine Absicht, kein Auftrag. Wie könnte eine Predigt lauten, die auf solche Musik folgte? Liebe Brüder und Schwestern: Nehmt es locker. Halleluja!

Vom Choral zum Swing ist es ein weiter Weg. Ihre ersten Schritte ohne Begleitung waren, als wage sie sich auf ein Gerüst zwischen den Türmen des Kölner Doms. Geh diese Strecke, versuch es mal, und zittre nicht.

Mit Lukas' Hilfe, sie brauchte ihn jetzt. Ein halbes Jahr blieb sie bei ihm in Mainz. Er lebte in einer kleinen Wohnung unterhalb der Universität, ein Anbau hinterm Haus mit Wellblech bedeckt, in einem bezaubernden Garten. Ein riesiger Walnussbaum ließ im Herbst seine Früchte aufs Dach krachen, Tag und Nacht, bei Wind besonders stark. Johanna war froh, dass es echte Geräusche waren, die sie da hörte, weil es in ihr ähnlich lärmte. Lukas umarmte sie nachts, wenn sie schrie vor Angst, und er behielt sie tagsüber im Auge, wenn kein Ton mehr aus ihr kam. Er kochte seiner Schwester Tee, fütterte sie mit Sahnetorten, saß mit ihr am Rhein, ging mit ihr ins Theater, sogar ins Kabarett, besuchte eine Ausstellung. Er wusste, wie es war, er brauchte keine Fragen zu stellen.

Wenn Johanna eine Kirche sah, dachte sie mit Wehmut an Ihn. Wenn sie Chorälen lauschte, dann kamen ihr die Tränen. Ihre Sehnsucht nach Ihm war an Bedingungen geknüpft, die sie nicht erfüllen wollte. Ihr war der Himmel vergällt, und jeder eigene Schritt schmerzte, weil es ein Schritt von Ihm weg war.

In diesen Monaten tauchte Er mal beim Bäcker auf, mal war Er der Müllmann, der die Tonnen leerte, mal der Kurier, der die Päckchen brachte. Johanna sah Seinen Schatten, wenn sie unter der Dusche stand. Jeden Abend schaute sie vor dem Schlafengehen nach: Mal lag Er unter ihrem Bett, mal stand Er hinter den Gardinen, mal hockte Er im Kleiderschrank.

Er entwarf sich als Fototapete, Er trug ihre Einkaufstasche und half ihr in die Jacke. Als sie Ihn fortbrüllen wollte, stand Er still, schweigend und unerschütterlich wie ein englischer Bobby, der Wache hielt und nicht reagieren durfte.

Im Fernsehen sah sie Ihn: Er protestierte in Sitzblockaden und Menschenketten der Friedensbewegung und gab Interviews, wie Lukas.

Kurz vor Weihnachten saß Er auf dem Bürgersteig, verwahrlost, mit zwei verlausten Hunden, und bettelte sie um eine Mark an.

Im Fahrstuhl fragte eine Frau, in welches Stockwerk Johanna wolle.

Noch ehe sie antwortete, flüsterte Er: »In den zehnten Stock.«

Beim Abendessen mit neuen Freunden las sie die Speisekarte. Während der Kellner die Bestellung der anderen schon aufnahm, drückte Er sich mit an den Tisch und riet ihr zu Dorade in Meersalzkruste, einen bunten Salat vorneweg. Ihr verging der Appetit dabei. Sie sprach mit Lukas darüber.

»Als ich nach Mainz kam«, antwortete er, »war ausgerechnet Rosenmontag. Wir beide sind Kölner, aber wir haben den Karneval nie erlebt. Ich habe mir wie zum Trotz ein rotes Herz auf die Wange gemalt und mich zu den andern an den Straßenrand gestellt. Die Fasnacht zog an mir vorbei, mit Prinz, Musik, Lachen und Bonbons. Für mich war nichts Süßes dabei.

Er stand an meiner Seite, mit säuerlich beleidigtem Blick.«

»Heute immer noch?«

Lukas grinste: »Inzwischen lasse ich Ihn für mich arbeiten.«

Johanna schaute ihn fragend an.

»Er ist ein hervorragender Berater in der Partei geworden.«

»In was für einer Partei?«

»In meiner, Johanna. Er kann Reden schreiben wie kein anderer, schließlich geht es um Seine Erde und Seinen Himmel.«

Johanna suchte mit aller Kraft, sich in jener Gesellschaft zurechtzufinden, die man weltlich nannte. Sie studierte an der Uni mit halbem Herzen, mit ganzer Kraft aber widmete sie sich der Erforschung des sozialen Wesens. Längere Zeit beobachtete sie, wie sich Gleichaltrige miteinander bekannt machten, indem sie zum Beispiel nach dem Musikgeschmack des anderen fragten. Johanna stellte die Hypothese auf, dass man so den Charakter des Gegenübers schneller erfassen oder Gemeinsamkeiten finden könnte. Ein Rolling-Stones-Fan schien womöglich wilder, mutiger zu sein als ein Beatles-Typ. Natürlich hatte Johanna immer mal einen schönen Titel im Radio gehört, doch ihr fehlte die innere Verbundenheit mit der Musik, die sie bei anderen Studenten spürte.

Sie las sich in dieses Thema ein, lernte entsprechende Vokabeln, konnte bald einiges verstehen, aber nie ernsthaft mitreden. Ihre neuen Freunde wetteiferten oft miteinander, wann welcher Titel auf Platz Soundso in den Hitparaden gelaufen war. Johanna grinste dann, denn ihr eigenes Gedächtnisspiel mit den Brüdern war: Sag mir einen Vers aus der Bibel, und ich sage dir, wo er steht. Die meisten ihrer neuen Freunde kannten allenfalls Moses, Noah und Jesus, vielleicht noch Paulus, dann war Schluss. Sie wiederum hatte keine Vorstellung davon, dass man sich mit einer Udo-Jürgens-LP grandios lächerlich machen konnte. Sie fand den gar nicht schlecht, er sang doch schön.

Beruhigend für Johanna war, dass manche weltlichen Regeln durchaus den Zehn Geboten glichen. Sie gewöhnte sich allerdings schwer daran, dass der Rhythmus eines Jahres nicht allein durch Jesu Geburt und Sterben bestimmt wurde, sondern es auch Sommer- und Winterurlaub gab. Sensationell erschien ihr, dass man Tage oder gar Wochen damit verbringen konnte, nichts Entscheidendes zu sagen. Manchen schien es sogar möglich, ein ganzes Leben fröhlich und sinnvoll zu leben, ohne die Wahrheit zu kennen, den Weg zu wissen oder ein hehres Ziel zu haben.

Johanna genoss ihre aufkeimende gottlose Toleranz – es gab bald keine richtigen oder falschen Lebensformen mehr, keine richtige oder falsche Religion oder Kultur, keine Götzen, keine Sünder und keinen Kult um nichts.

So mied sie mit großer Gelassenheit Parteien und Bewegungen, deren strikte Ansichten sie erlebte wie ein Déjà-vu. Sobald ein fundamentaler Gedanke eine Gruppe einte, blühten Zeremonien wie zu christlichen Zeiten: Für Johanna glich die Vorfreude der Hausbesetzer auf eine Straßenschlacht ihrem Erntedankfest von damals. So manchem war die Erinnerung an Mutlangen mit Grass und Böll so feierlich wie Weihnachten für Kinder, man ließ es glitzern und zündete

Kerzen an. Der Ostermarsch geriet zur jährlichen Prozession mit Anwesenheitspflicht. Geehrt waren die besonders Eifrigen, die für die gemeinsame Sache Gitarre spielten und Stühle aufstellten. Darüber hatte Johanna am meisten gelacht.

Straßenkreuzung bei Nacht.
Der Sternenhimmel funkelt, die Welt um sie herum steht noch immer still, doch es ist kühl geworden. Johanna und Er holen letzte Kleidungsstücke aus den Kaufhäusern und legen den Passanten, auch Ben, dem Fahrer im Tankwagen und allen, die sich dort aufhalten, Mäntel und Jacken und Schals um, damit niemand frieren muss. Sie wickeln auch sich selbst in warme Decken und setzen sich auf ihre Campingstühle, lehnen sich zurück und betrachten lange die Sterne.

JOHANNA   Da oben bist du also noch immer, im Himmel?
ER   Es gibt keinen Himmel und keine Hölle.
JOHANNA   Es gibt keinen Himmel und keine Hölle? Wo kommen dann die Bösen hin?
ER   Wer böse war, muss auf die Erde. So ist das. Du brauchst darum den Tod nicht zu fürchten, es kann danach nur besser werden. Raus aus der Hölle, das ist der Tod.
JOHANNA   Wo ist denn hier die Hölle?

Er schaut sie zunächst irritiert an, dann fassungslos.

ER Siehst du denn nicht? Hörst du nicht? Weißt du nicht?

Weil sie Ihn immer noch fragend ansieht, packt Er sie mit all Seiner Kraft am Handgelenk und reißt sie mit, von West nach Ost und Nord nach Süd, kreuz und quer, einem Wollfaden gleich, der rund um die Erde gewickelt wird. Bis Johanna alles gesehen und gehört hat: die verzweifelten Schreie, Flammen, Macheten, Dürre, Flut, Vergewaltigung, verzweifelte Flüchtlinge, Ruinen und Betrug, Minen- und Leichenfelder, Einschusslöcher, Geburten in Kellern, Hunger und Fatalismus, Deportationen, Massengräber und Schrecklichstes ohne Worte.
Er kommt schließlich wieder herab und setzt Johanna zurück in ihren Stuhl, in ihre Decke.

ER *verzweifelt laut* Immer noch nicht?

Johanna spricht kein Wort mehr, erschüttert sitzen beide da und schweigen miteinander, eine sehr lange Zeit.

ER *erschöpft, stockend* Es ist nirgendwo so höllisch gewesen wie in deinem Land, Johanna. Ich kann nicht mehr, ich bin fertig mit der Welt, es steht mir bis hier.
JOHANNA Du liebst doch die Menschen?
ER *verbittert* Das ist mein Job, ja! Doch sie morden weiter, foltern, bomben, quälen und betrügen. Es ist zum Kotzen!
JOHANNA Warum machst du sie nicht fertig? Ein Wort von dir genügt.

ER Es gab mal eine Zeit, da war ich so angewidert von dem Pack, dass ich die ganze Welt ersäuft habe wie eine kleine Katze.

Ihm schießen die Tränen in die Augen, Er sieht zu ihr hin und quält sich sichtlich.

ER Aber ich habe versprochen, das nicht mehr zu tun.

Er weint, sie hält Seine Hand und tröstet Ihn, so gut sie kann. Nach einiger Zeit versucht sie, das Thema zu wechseln.

JOHANNA Und wo ist der Himmel?

Er schnäuzt sich.

ER Sag du.

Johanna lehnt sich zurück und denkt eine Weile nach.

JOHANNA Mein Zahnarzt hat ein Gerät. Wenn er tief unten in der Wurzel arbeitet, achtet ein Stromkreislauf darauf, wann er zu weit geht. Solang es piep-pause-piep-pause-piep meldet, ist alles in Ordnung, er darf sich mit seinen Nadeln und Spiralen weiter vorwagen. Doch wenn das Gerät mit piep-piep-piep warnt, ist er an meine Grenze geraten – alles danach ist flüssiges, wehes Gewebe, dann Knochen. An dieser Grenze stoppt er. Er geht bei mir nie zu weit. Dieses Gerät ist himmlisch.

Er lächelt.

ER Jeder Mensch sollte so ein Gerät haben.
JOHANNA *grinst* Nur Menschen?
ER Ich werde bald gehen, Johanna. Aber von nun an versuchen wir es mal andersrum, ich bete für euch.

Er nimmt ihre Hand, schaut sie an und spricht:

> Mensch mein,
> der du bist auf Erden:
> Jeder Einzelne ist mir heilig.
> Dein Himmel entstehe,
> dein Wille geschehe
> in deinem Leben auf Erden.
> Schaff dein Auskommen selbst,
> und schütze das deines Nächsten
> in aller Gerechtigkeit,
> gemeinsam schafft ihr das schon.
> Vergebt euch gegenseitig.
> Wälz deine Verantwortung nicht mehr auf andere,
> denn du hast Kraft genug, gut zu sein.
> Mensch, freu dich endlich an dem, was du hast,
> und sei herrlich bis in alle Ewigkeit.
>
> So soll es sein.

Neuntes Kapitel

Die meisten Gemeindemitglieder waren Else, Mirek und Lizzi gefolgt und hatten sich toleranteren Gruppen zugewandt. Die wenigen Verbliebenen waren genauso streng im Glauben geworden, wie Heinrich Becher sie in all den Jahren immer gewollt hatte. Ausgerechnet denen war er nun nicht mehr heilig genug, weil schon zwei seiner Kinder vom Glauben abgefallen und verloren waren. Bevor er seine Autorität ganz und gar verlor, wollte er massiv Buße tun. Der Vater glaubte, nur noch durch Verlust und Leid die Sache wenden zu können; ihm war schon immer klar, dass seine liebste Heimlichkeit ein Frevel war.

Sein Franz führte inzwischen ein ausgezeichnetes kleines Restaurant an der Ahr, wo nicht nur die Küche brillant war, sondern der Charme des eleganten Chefs legendär. Heinrich fuhr schweren Herzens dorthin und verabschiedete sich für immer von ihm. Diese Trennung stürzte ihn gänzlich ins Unglück: Kraftlos geworden, der großen Worte ledig, entließ ihn die Gemeindeleitung aus seinem Amt. Von da an wurde Heinrich sonderbar; er kaufte sich eine Ziege, der er täglich eine Andacht hielt.

Ausgerechnet Markus schien der Einzige zu sein, der der Sache treu geblieben war. Er bat Gott nicht um Liebe, wünschte keine Geborgenheit, sondern suchte nach Sinn. Bis nach hundert Gebeten sein Dartpfeil eine interessante Stelle im Joel traf:

> 4 ⁹ Rufet es aus unter den Völkern, verkündet den heiligen Krieg, wecket die Helden! 10 Schmiedet eure Pflugscharen um zu Schwertern und eure Winzermesser zu Lanzen! 11 Selbst der Schwächling rufe: »Ein Held bin ich!«

Wie viele Löcher seine Heilige Schrift inzwischen auch hatte, dieser eine Treffer brachte Markus in Aufruhr. Gott sandte ihn, den Erstgeborenen, für Ihn zu streiten. Es gab Propheten, die in Seinem Namen den Frieden priesen. Er aber, Markus, würde in Seinem Namen auf Seinen gerechten Zorn verweisen, wie Christus es getan hatte, als er die Händler aus dem Tempel warf. Aber wo sollte er beginnen?, fragte er sich. Eigentlich war die UNO gemeint, rufet es aus unter Völkern. Aber er würde lange Spenden sammeln müssen, bis das Geld für ein Flugticket nach New York zusammen war. Vorerst also: Bonn, Bundeshauptstadt, Regierungssitz, nicht weit entfernt von Köln.

Schon suchte Markus die Bahnverbindungen heraus, aber dann besann er sich. Man begann keinen heiligen Krieg in der S-Bahn. Er würde nach Bonn laufen, ja pilgern müssen. Er würde alle, die im Parlament ungläubig sind, hinauswerfen. Er würde die Tische der Unterhändler umstürzen und die Sitze der Regierung dazu. Das Haus seines Volkes soll ein Haus des Gebets werden. Markus würde erwirken, dass die Guten ins Parlament ziehen, er würde sie segnen und ins Amt setzen. Danach käme die Volkskammer in Ostberlin dran – das würde deutlich schwerer werden, doch die Mauern von Jericho waren auch gefallen.

Seine einzigartige Berufung war, wie frische Luft zu holen, er zog sich seinen Parker über und band seine Turnschuhe zu.

Markus nahm sich vor, als Prophet keine Kompromisse zuzulassen. Das streng wörtliche Verständnis der Schrift musste für bare Münze genommen werden, die keine Nuancen, Zweideutigkeiten oder Ungewissheiten berücksichtigte, insofern waren die Ostberliner schon näher dran am Plan.

Markus ging in Gedanken wieder und wieder die Bibel durch. Hatten die Propheten des Alten Testaments bei Gottlosigkeit eine Gesprächsgruppe geleitet oder mit Verderben gedroht? Das mag zwar undemokratisch wirken, doch die Jünger Jesu haben auch nicht abgestimmt, was richtig und was falsch war. Solange sein Land so gottlos war, wollte sich Markus von nun an nichts mehr vorschreiben lassen. An der nächsten Kreuzung ignorierte er die Ampel, sein heiliger Krieg begann. Da tauchten Kumpane auf, die ähnlich dachten und noch weiter gingen.

19

1 Sie kamen am Abend, als Markus gerade vor seiner Tür saß. Sobald er die Kämpfer erblickte, ging er ihnen entgegen, verneigte sich vor ihnen bis zur Erde und sprach: 2 »Ich bitte euch, meine Herren, kehret doch in meinen Keller ein, um zu übernachten.« Da sprachen die Männer zu Markus: 3 »Hast du noch jemand hier, Söhne oder Töchter, und wer sonst noch in dieser Stadt zu dir gehört, so führe sie aus dem Ort hinweg. Denn wir werden diesen Ort

zerstören, weil Gott uns gesandt hat, sie zu verderben.« 4 Da redete Markus mit seinem Vater und sprach: »Auf, lass uns wegziehen aus diesem Ort, denn Gott wird Köln zerstören.« Sein Vater aber glaubte, sein Sohn scherze. 5 Als die Morgenröte aufstieg, trieben die Männer Markus zur Eile. Er aber zögerte, da fassten sie seinen Vater mit dessen Ziege und ihn bei der Hand, weil Gott sie verschonen wollte. 6 Sie führten sie hinaus und ließen sie erst draußen vor der Stadt los. Die Sonne war gerade über Köln aufgegangen. 7 Doch Gott ließ über der Stadt weder Schwefel noch Feuer regnen.

Der Vater suchte sich mit seiner Ziege ein neues Zuhause, denn sein Ältester ging ihm allmählich auf die Nerven; so trennten sich die beiden. Markus aber irrte erschüttert und verwirrt umher.

Die drei Dachdecker klingelten an dessen Tür, hatten einen Streuselkuchen gebacken und Sahne geschlagen, sie wollten mit Markus teilen und Karten spielen oder Blödsinn reden. Sie hatten sogar etwas Geld verdient und wollten mit ihm gemeinsam einen winzigen Bagger kaufen, weil das Baggern so viel Freude machte. Aber niemand öffnete den Keller. Deshalb spazierten die drei plaudernd weiter und suchten ihren einzigen Freund in den Wiesen hinterm Stadtwald und gingen noch weiter hinaus.

Im Stundenrhythmus fuhr der Lokführer den Güterzug hin und her. Fahrradwege und kleine Straßen kreuzten ohne Schranken, Kinder auf Rädern winkten, alle paar Minuten warnte der Zug vor sich selbst. Mücken klatschten an die Scheibe, der Scheibenwischer lief hin und her, die Sicht war für eine halbe Minute verschmiert. Zwei Fahrradfahrer hielten vor dem Bahngleis, bald kam die Brücke. Ein Greifvogel kreuzte und drehte knapp vor der Scheibe ab. Auf dem Brückengeländer stand ein Mann. Der Lokführer riss seine Augen auf.

Er drosselte sofort den Motor, bremste und sandete, damit sich der Widerstand der Räder verstärkte, und hoffte inständig, dass der Bremsweg reichte.

Doch Dachdecker können balancieren, auch wenn sie doof geworden sind. Der Lokführer sah, bald verrückt vor Sorge, zwei Männer, die leichtfüßig auf dem Brückengeländer auf den Lebensmüden zugingen und ihn schließlich lachend zurück auf die Brücke schubsten. Der Zug pfiff, rollte vorbei und kam erst nach hundert Metern zum Stehen.

Alle drei Dachdecker hatten das Ausmaß des Geschehens nicht begriffen, sondern quatschten fröhlich auf ihren lebensmüden Freund ein: »Markus, wir haben Streuselkuchen, willste?«

»Un' Sahne.«

»Un' Karten und woln Bagger. Willste auch?«

Markus starrte sie an, schwieg.

»Oder willste Kopf fallen un' so?«

Unter ihnen schrie der Lokführer nach der Polizei, deshalb rannten sie oben gemeinsam davon. So kam Markus ins bescheidene irdische Leben zurück.

Unmittelbar nach dem Examen meldete sich Johanna bei der Volkshochschule für einen Kurs an und lernte eine neue Sprache. Tag und Nacht, weil Sehnsucht und Scham sie trieben.

Erst mit der ausgebreiteten Handfläche in Schulterhöhe winken für *Hallo*. Dann mit der rechten Hand über den Handrücken der Linken führen für *Fühl*. Und *Gut* wurde gezeigt wie ein italienischer Wein, der mundet. Bene. Für das Fragezeichen standen hochgezogene Augenbrauen und kraus Stirn.

Hallo. Fühl gut?

So bat Johanna mit fliegenden Händen und deutlicher Mimik ohne ein Wort zu sagen um Verzeihung.

Elses Gebärden antworteten erschrocken. Du gehörlos du?

Nein, ich hörend.

Else nahm sie in ihre Arme, Theo drückte mit und bat beide Frauen an den Tisch zu Kuchen mit Kaffee. Johanna zog den rechten Fuß nach und humpelte, wie so oft.

»Platon war der Ansicht, dass ein Mensch nicht denken könne, wenn er nicht sprechen kann«, schimpfte Theo, der sein politisches Engagement inzwischen der Anerkennung der Gebärdensprache widmete.

»Was ist mit deinen Beinen?«, fragte Else.

»Es ist nur das rechte, es will manchmal nicht so richtig. Es fühlt sich an wie Ischias, aber der Arzt sagt, ich habe nichts.«

»Also? Was dann?«, fragte Theo. »Was hindert dich am Gehen?«

Else wusste es, Johanna auch. Sie sahen sich an, vertraut. Es gab keine körperlichen Ursachen, Seine chronische Anwesenheit quälte sie wie brennender Schmerz.

Er hatte ihr Fotos zugeschickt, auf denen sie selbst zu sehen war: im Rathaus während eines Konzerts, in der Umkleidekabine eines Kaufhauses, lesend in der

Bibliothek. Bei all diesen Gelegenheiten wähnte sie sich allein, doch auf den Fotos war auch Er zu sehen, immer an ihrer Seite.

Johanna zog nach Hamburg und nahm ihre erste Stelle dort an, in der Hoffnung, Ihm zu entgehen. Vergebens.

Am ersten Arbeitstag im Büro klingelte ihr Telefon, sie nahm ab und hörte nur Sein Stöhnen. Sie ging zum Fenster, schob die Gardine beiseite, Er stand wahrhaftig auf der gegenüberliegenden Straßenseite an der Kaimauer und winkte ihr zu. Am Abend spürte sie Seine Hand auf ihrem Rücken, eine andere auf dem Bauch, am Kehlkopf gar. Sollte sie sich ins Hafenbecken werfen? Es nützte doch nichts.

139 7 Wohin soll ich gehen vor deinem Geist, und wohin soll ich fliehen vor deinem Angesicht? 8 Führe ich gen Himmel, so bist du da; bettete ich mich bei den Toten, siehe, so bist du auch da. 9 Nähme ich Flügel der Morgenröte und bliebe am äußersten Meer, so würde auch dort deine Hand mich führen und deine Rechte mich halten.

Sie hatte nach einer feucht-fröhlichen Sommerfete einen Fotoredakteur bei sich, ihr Liebesspiel war kurz und harmlos wie eine Panna cotta ohne Confit. Da war Er wieder, stand da, mit einer Aktentasche unter dem Arm, wie ein Gerichtsvollzieher.

Johanna wischte sich das verschwitzte Haar aus dem Gesicht, wandte sich ab von dem Nackten in ihrem Bett, zog sich Slip und T-Shirt an. Sie war immer noch betrunken, womöglich gerade deshalb recht mutig und entschlossen. Der Redakteur schlief schon, sie rüttelte an seiner Schulter.

»Lass mich kurz allein, geh aufs Klo, mach irgendwas. Bitte.«

Er stand schlaftrunken auf, wankte in die Küche, ohne zu murren, und suchte im Kühlschrank nach Sprudel.

Sie schloss die Tür hinter ihm, dann fauchte sie Ihn an: »Was willst Du hier, alter Mann? Was stehst Du hier in meiner Wohnung herum und glotzt wie ein Spanner, Du, Du …?«

Ihre Ehrfurcht vor Ihm ließ sie zögern, es lag ihr auf der Zunge. Aber Er wusste ja eh immer, was sie dachte, was sie sagen wollte. Also brach es aus ihr heraus: »Du widerlicher alter Dreckskerl.«

Ihre Stimme überschlug sich: »Wohin soll ich mich noch verkriechen, um *Deinen* gierigen alten Blicken zu entgehen? Keine Mauer, kein Stahl, kein Beton schützt mich vor Dir.«

Ihre Arme fuchtelten vor Seinem Gesicht. Johanna schrie, ihre Worte waren kaum noch zu verstehen zwischen Tränen und Schluchzen.

»Wenn ich ein Pullover wäre, würdest Du mich auf links drehen. Als Apfel wäre ich von Dir geschält, als Wurst gekaut, geschluckt und wieder hoch gewürgt. Wenn ich Zähne putze, stehst Du da. Wenn ich dusche, wenn ich mich berühre, wenn es mir wohltut.«

Jetzt endlich alles wagen, endlich laut werden.

»Ja, eben auch, wenn ich geil bin, das bin ich nämlich, weißt Du das, ja? Da bist Du auch zugange. Da gafft der alte Mann.«

Er sagte keinen Ton, sie schüttelte Ihn an den Schultern, die Aktentasche fiel herunter.

»Das ist einfach nur widerlich. Hau endlich ab!«

Sie schien zusammenzubrechen, heulte und heulte, hatte keine Kraft mehr. Doch als sie sah, dass Er Seine Aktentasche wieder aufhob, unter Seinen Arm klemmte und sich nicht vom Fleck rührte, kam maßlose Wut dazu.

Johanna rappelte sich wieder auf, packte Ihn mit einer Hand am Kragen, öffnete mit der anderen die Tür und warf Ihn hinaus auf den Hausflur. Er strauchelte und schlug mit dem Rücken auf die oberste Stufe, dass es krachte. Stürzte ein Stockwerk tiefer, überschlug sich, rührte sich nicht mehr.

Erschüttert lief sie hinunter zu Ihm, schaute Ihn an. Fühlte Seinen Puls. Nichts. Er war tot.

Johanna zog Ihn auf ihren Schoß, schrie Ihn an: »Wach auf, bitte, tu mir das nicht an!«

Er rührte sich nicht.

Der Redakteur kam die Treppe zu ihr herunter, hatte sich angezogen, schaute sie an, wie sie da saß, halbnackt, im Flur, zitternd.

Wie sie die ganze Nachbarschaft zusammenschrie: »Ich habe Ihn umgebracht!«

Er hockte sich zu ihr, strich zärtlich durch ihr wirres Haar: »Du solltest dich mal um deine Nerven kümmern, scheinst ein bisschen überdreht. Ich geh dann mal, schlaf gut.«

Er reagierte gar nicht auf die Leiche. Er ging einfach so heim. Johanna starrte hinter ihm her, dann wieder in ihren Schoß.

Da rührte sich der Leichnam, Er schlug die Augen auf.

Johanna schlotterte: »Ich dachte, Du bist tot?«

Er rappelte sich auf: »Heutzutage geht ja alles schneller. Früher hab ich dafür drei Tage gebraucht.«

Er setzte sich neben sie, lehnte sich an die Wand, fummelte in Seiner Jackentasche und fand eine Tüte Hustenbonbons. Nahm sich eines, bot ihr auch eines an.

Sie schüttelte den Kopf, fassungslos, und bat Ihn erschöpft: »Tu mir ... bitte, geh! Geh fort aus meinem Leben, ich ertrage das alles nicht mehr. Ich werde irre davon.«

»Du kannst nicht ohne mich sein.«

»Vielleicht kann ich nicht. Aber ich will.«

Sie weinte nicht mehr, ihre Stimme klang entkräftet: »Ich will ohne Dich sein, ohne Dich leben, ohne Dich Fehler machen oder glücklich sein, es ist mir völlig egal. Geh bitte fort, Herrgott noch mal.«

Er stand auf, staubte Seine Hose ab und das Jackett, zog den Schlips gerade. Rückte Seine blöde bunte Mütze zurecht, verbeugte sich knapp und ging wahrhaftig davon, die Stufen hinab. Er hielt sich am Geländer fest, Seine Knie zitterten noch, der Sturz hatte Ihn doch erschüttert.

»Wo wirst Du hingehen?«, rief sie durchs Treppenhaus, dann doch besorgt um Ihn.

»Mir fällt schon was ein«, rief Er hoch und war schon fort.

An der Straßenkreuzung, sehr früh am Morgen. Es dämmert noch, Nebel zieht durch die Straßen, Johanna und Er liegen eingewickelt in Decken. Sie haben beide fest geschlafen, nun gähnen und rekeln sie sich in ihren Campingstühlen.

JOHANNA *gut gelaunt* Guten Morgen!

Er schweigt, versucht sich aus den Decken zu wickeln, was Ihm schwerfällt, Er wirkt am Morgen so ungelenk.

JOHANNA Trinkst du Tee oder Kaffee? Und willst du Frühstück, ich könnte was zusammensuchen, ich liebe ja Honigbrötchen mit Butter und selbstgemachter ...
ER *gequält* Bitte nicht.
JOHANNA Was?
ER Nicht so viele Worte am Morgen.

Sie schweigt gern, steht auf, zieht sich eine Jacke über.

ER Kaffee.
JOHANNA Milch, Zucker?
ER Milch.

Johanna geht fort und kommt mit einem dampfenden Pott Kaffee zurück, Er trinkt ihn in aller Ruhe, isst nun auch und wird, als es hell ist und der Kaffee wirkt, wieder ganz der Alte.

JOHANNA Was hast du getan, in all den Jahren danach?

ER Damals sollte im Schwarzwald die letzte Singvogelproduktion aufgelöst werden, der Inhaber wollte aus Altersgründen nicht mehr. Da bin ich hin, hab alles aufgeladen, Maschinenteile, alte Sachen, zwei Lkws voll. Und nach Assmannshausen gebracht, beste Rotweinlage übrigens. Die Hänge des Höllenbergs im Rücken, den Rhein im Blick, da hab ich gelebt. Bis ich das alles sortiert hatte, waren ja keine technischen Unterlagen dabei, keine Anleitungen, nichts.

JOHANNA *zögernd* Und dort am Höllenberg in Assmannshausen hast du dann Singvögel produziert?

ER Kennst du diese kleinen Döschen, filigran aus Silber gefertigt? Die man aufziehen kann, aber es erklingt kein Lied, sondern es springt ein winziger Vogel heraus und singt und trällert mit dem zierlichen Schnabel und flattert mit den kleinen Flügeln so herrlich und dreht sich dabei. Und nach etwa fünfzehn Sekunden macht es schwupp, und der Kleine ist wie von Geisterhand verschwunden, hat sich selbst in seiner schönen Dose versenkt.

JOHANNA Du hast es irgendwie mit Singvögeln, was?

ER Ja, weißt du, da ergeben sich viele Fragen: Wie soll der Vogel singen, wie stellt man es an, dass seine Flügel so fröhlich dabei zappeln und der Schnabel schnäbelt, und dann noch diese unregelmäßigen Drehungen. Das ist nicht leicht. Oder glaubst du, dass das leicht ist?

JOHANNA Nein, das glaube ich nicht.

ER Ich habe also erst einmal Feinmechaniker lernen müssen, normale Lehrzeit, danach Meisterschule besucht, Industriemeister, plus viele neue Dinge: Holzarbeit, Bälkchen fertigen. Das gehört nicht in die Ausbildung zur Feinmechanik. Dann Pfeifen machen, das macht normalerweise ein Orgelbauer. Also, bis ich richtig gut war, sind acht bis zehn Jahre vergangen.

JOHANNA Und dann warst du fertig mit den Singvögeln?

ER Nein, dann fing doch erst alles an! Mein Ziel war, etwas zu schaffen, was es bis dahin nicht gab auf der Welt. Eine Dose nicht mit einem oder zwei, nein. Sondern mit drei Vögeln!

JOHANNA *ironisch* Fantastisch.

ER Du musst total ruhige Finger haben. Die Bohrer sind nur einen halben Millimeter dick, die Federn fein wie Haare. Das erste Vögelchen zu löten war schwer, das ist alles so klein, so eng. Wenn du den Lötkolben nur einen Moment zu lange draufhältst, lötest du die gesamte Mechanik fest. Das Thema Pfeifen war auch eine Geschichte! Das hat mich einige graue Haare und schlaflose Nächte gekostet. Probieren wir das so oder so, haben wir uns ständig gefragt.

JOHANNA Du warst nicht allein?

ER Der Herr Huber und ich. Das Problem bei drei Vögeln ist, wie sollen alle drei in der Dose liegen? Einen zweiten kriegt man noch rein, aber für drei

Vögel ist der Platz nicht da. Der Blasebalg muss doch auch eine gewisse Luftmenge für die Pfeife aufnehmen können, damit der Effekt noch da ist, den kann man nicht kleiner machen. Vergiss nicht die Hebel, die Federn. Zahnrädchen, die die Geschwindigkeit regeln, Scheiben für Melodie und Bewegung.

JOHANNA Hast du früher auch so lang gebraucht, für die Kleinigkeiten?

ER Wann früher?

JOHANNA Na ja, also, ganz früher. Bei der Erschaffung der Welt.

ER Aber ja.

JOHANNA Und? Es steht geschrieben, das sei in sechs Tagen erledigt gewesen. Aber wenn du nun schon für die Metallvögel so lange brauchst?

ER Was sind denn sechs Tage?

JOHANNA Es geht um die Zeit! Wie lange?

ER Zeit?! Johanna, ist die Länge deines Tages auch meine Länge? Ich habe mehr Zeit, als du zu denken in der Lage bist. Es kostet mich viele menschliche Jahre, drei künstliche Singvögel zu erschaffen. Schöpfung ist nicht Hokuspokus. Wie lange, glaubst du, hat die Kreation dieser lebendigen Welt gedauert?

JOHANNA Solange eine Evolution dauert?!

ER *verschmitzt lächelnd* Wie einfach manche Fragen zu beantworten sind, was?

Eine fette schwarze Spinne krabbelt von der Wand auf den Bürgersteig. Er entdeckt sie zuerst, Johanna bemerkt sie nun, Er beobachtet sie sehr gespannt. Johanna hebt ohne viel Aufhebens ihre Füße auf den

Stuhl. Sonst nichts. Fixiert die Spinne nicht, sondern schaut wieder zu Ihm. Er nickt anerkennend.

JOHANNA   Noch eine letzte Frage: Hast du es gewollt?
ER   Was gewollt?
JOHANNA   Na, uns, die Welt. Hast du uns geplant?
ER   Hach, weißt du, Johanna, das geht wie Kinder kriegen. Die einen wollen und wollen und kriegen keins. Die andern: zack, hat man eins am Hals.
JOHANNA   Und uns? Hast du uns gewollt oder ... zack?

Er greift nach ihrer Hand und lächelt.

ER   Ist doch egal. Am Ende liebt man das Kind, so oder so.

Johanna lacht laut und herzlich.

JOHANNA   Wenn dich einer so reden hören könnte!
ER   Gerade in diesem Moment hat es jemand gelesen.
JOHANNA   Ich seh keinen.
ER *lächelnd*   Ich aber.

Zehntes Kapitel

Hinter den kahlen Wohnblocks einer Kleinstadt nördlich von Köln, in denen in engen Zimmern in vielen Sprachen gestritten, geliebt, geschlagen und geschwiegen wird, führte ein Weg in den Wald, bis hinunter zur Kläranlage, wo auf Schildern an Drahtzäunen vor dem Betreten des Geländes gewarnt wurde.

»Vorsicht, Schlammleiche! Lebensgefahr.«

Johanna sah sich diesen seltsamen Text an und fragte sich, ob hier schon eine Leiche herumlag oder man eine zu werden drohte, wenn man in den Klärschlamm geriet? Leiche heißt vielleicht der Dreck, der aus dem Wasser gefiltert wurde? Wer schrieb den Text für solche Schilder?

Zwischen Wohnblocks und Schlammleiche lag das Grundstück ihres Vaters mit löchrigem Maschendraht umzäunt. An vier Baumstämmen waren handgeschriebene Zettel genagelt, die in Plastikhüllen steckten. Darauf standen weitere Warnungen, auch diesem Gelände fernzubleiben, Privatbesitz, Eltern haften für Ihre Kinder. *Ihre* groß geschrieben.

Auf dem Gelände lagerten zwischen vereinzelten dürren Birken und Ahornbäumen Unmengen von Brennholz, einzelne Haufen klein gesägter Stämme und Äste, bedeckt mit Dachpappe. Daneben Berge von Bauschutt, ein zerbrochenes Waschbecken, eine Badewanne voll faulendem Regenwasser stand im hohen Gras. Dahinter ein rostiges Bettgestell, daran gelehnt zwei große Gitterroste. Aus dem entfernten Tal drang das beständige Geräusch von Autobahnverkehr.

Etwa dreißig Pappkisten versperrten das schiefe Eingangstor, gefüllt mit verfaulten Kirschen, angeschimmelten Erdbeeren, Pfirsichen und fahlen Salatköpfen. Neun Ziegen unterschiedlicher Größe machten sich darüber her, braune und helle, mit und ohne Hörner. Sie balancierten geschickt auf den Kisten, zupften die Salatblätter und fraßen das Obst. Hühner pickten auch noch herum. Rechts außen stand ein Wohnwagen, die Reifen waren platt, er war deshalb von übereinandergelegten Steinen gestützt.

Johanna schaute sich das alles kopfschüttelnd an: Was tat ihr Vater hier? Jahrelanger Niederschlag hatte das Dach des Wohnwagens und die ursprünglich blau-weißen Außenwände mit einer Moosschicht überzogen, auch die zum Teil eingeschlagenen Plastikfenster waren von diesem Dreck bedeckt. Düster schien Johanna die Vorstellung, in diesem verfallenen Wagen leben zu müssen. Vereinzelte Jogger liefen hier vorbei, zwei Männer standen in einiger Entfernung, sprachen miteinander und rauchten. Links außen gab es noch einen gelben Bauwagen, kleiner, ohne Fenster. Er stand zwar zu schief, als dass man sich darin hätte aufhalten können, war aber wesentlich besser in Schuss als der Wohnwagen.

Johanna hatte sich fest vorgenommen, ihm freundlich und friedlich zu begegnen, ihrem alten Vater, der so verwirrt schien. Womöglich von Ängsten geplagt, vereinsamt und verwahrlost.

Als er sich ihr zögernd näherte, winkte sie ihm zu,

hielt zur Begrüßung ihren selbstgebackenen Kuchen hoch: »Hallo! Ich bin es, Johanna.«

Seine Kleidung war schmutzig, aufgerissen, graugrün wie die Hülle seines Wohnwagens. Er stellte sich an das Gittertor, schaute sie nur an.

»Guten Tag, Vater. Ich hab dir einen Kuchen mitgebracht, vielleicht trinken wir dazu einen Tee. Willst du nicht aufmachen?«

Er sagte kein Wort.

»Ich wollte dir nur erzählen, dass es mir gutgeht. Wie geht es dir?«

Er fuhr sich durch seinen langen Bart und wischte sich die Hände an seiner schmutzigen Hose ab.

Johanna bemerkte seine abgekauten Fingernägel, ihr war zum Heulen zumute, sie versuchte es weiter: »Du hast schöne Ziegen.«

Sie wies auf das faule Obst.

»Das ist ihr Futter, stimmt's? Du kümmerst dich gut um sie.«

»Sie sind alle getauft!«

Johanna stockte der Atem.

Er drehte sich um und ging davon, ohne noch einmal zurückzusehen.

»Papa?!«

Es gab Momente, wo sie einen Schnaps brauchte, das hier war einer. Zwischen den Wohnblocks, hinter einer Bushaltestelle, gab es einen Kiosk. Hier fiel es kaum weiter auf, dass eine verheulte Frau vormittags nach einem Kurzen fragte. Sie trank für alle Fälle noch einen, dann ließ sich Johanna ein Taxi kommen. Ihren Kuchen hatte sie vor seinem Gelände abgestellt, die Ziegen hatten ihn längst aufgefuttert.

Lukas lebte wieder in Köln, sie übernachtete bei

ihm. Morgens quälte sie ein grauenhafter Kater, matt lag sie auf seiner Couch unter einer Wolldecke, beruhigte ihren Magen mit Zwieback und kühlte ihren Kopf mit einem feuchten Lappen.

»Was willst du mit ihm machen?«, fragte Lukas.

»Ihn da rausholen, das ist doch furchtbar, wie er da lebt.«

»Das ist doch seine Sache, Männer leben gern im Müll.«

»Mir tut er so leid.«

»Johanna, hast du alles vergessen?«

»Wie willst du es halten, Lukas? Auge um Auge, Zahn um Zahn? Du Friedensaktivist, du!« Sie lächelte gequält.

Lukas stöhnte auf: »Also was? Scheiße!«

Er stand auf und suchte nervös nach seinen Zigaretten, fand kein Feuerzeug. Johanna verfolgte ihn mit ihren Blicken, sie wusste, wo seine Schachtel lag, doch verriet es ihm nicht. Sie konnte den Qualm gerade jetzt nicht ertragen.

Lukas sprach weiter, während er Zeitungen anhob, Papiere und Bücher: »Der geht nicht mit dir mit. Du warst doch da, er spricht nicht mal mit dir.«

»Dann lass uns nachdenken, Lukas. Mit wem spricht er?«

Die Geschwister schwiegen. Johanna, weil sie niemanden kannte, der mit ihrem Vater sprach. Lukas, weil er den einen kannte. Seine Schwester spürte das.

»Hat er eine Freundin?«, fragte sie überrascht.

Lukas fuhr sich durch die Haare: »Wenn ausgerechnet wir beide ihn damit konfrontieren, dreht er durch.«

»Was denn, Lukas?«

»Wo sind meine Zigaretten? Du weißt das doch. Los, sag!«

Tage später standen sie schließlich am Zaun und hupten und machten die Ziegen ganz verrückt. Es dauerte, bis er sich endlich murrend nach draußen bemühte. Er konnte mit Mühe verhehlen, dass er sich freute, nun schon zwei seiner Kinder wiederzusehen.
»Wir haben ein Auto für dich, Vater.«
»Was soll ich damit? Ich kann doch nicht fahren.«
»Schau es dir mal genauer an, es ist als Wagen mit Fahrer zu haben.«
Dann ließen sie ihn stehen, spazierten den Waldweg entlang, der Schlammleiche entgegen.
»Meinst du, es geht gut?«
»Ich hoffe, er geht mit Franz besser um.«
»Ich hätte so gern gesehen, was passiert.«
»Johanna, es war und es ist seine Sache.«
Sie lauschten dennoch gespannt: Beim Vater ging die Wagentür auf. Das erste, was er sehen würde, waren die blank polierten schwarzen Schuhe. Dann ein Stück vom gepflegten Anzug vielleicht und zuletzt, wenn er vor ihm stand, die schöne Seidenkrawatte. Heinrich Becher war inzwischen viel zu alt, um sich zu beherrschen. Seine beiden Kinder schauten wahrhaftig nicht hin, sie hörten es nur. Die alten Männer schluchzten laut, lagen sich wahrscheinlich in den Armen, endlich kein Versteckspiel mehr.
»Wie die Motten«, flüsterte Lukas. »Wie die Motten.«

Immer noch an der Straßenkreuzung, es ist wieder Tag.
Johanna kommt mit einer Flasche Wein aus der Weinhandlung, dazu zwei Gläser, Korkenzieher. Er öffnet die Flasche, riecht am Korken.

ER   Dieser Riesling aus Rheinhessen, tja! Früher waren die mal ... hm, nicht so. Aber seit, ich weiß nicht mehr, sind sie vorzüglich.

Er gießt einen Schluck in sein Glas, schlürft, schmeckt und nickt endlich wohlwollend, gießt ihr ein, dann sich.

ER   Zarter Pfirsichduft, fruchtige Würze, feingliedrig und schön süffig.
JOHANNA   Etwas früh für einen Wein.
ER   Auf dein Wohl, meine Liebe.

Johanna kippt den Wein eher wie Schnaps oder Wasser hinunter. Er registriert das mit einem Stirnrunzeln.

ER   Du hast einen Wunsch frei.
JOHANNA   Wieso das denn?
ER   Noch bin ich hier, da kann ich ja mal ein kleines Wunder versuchen. Das solltest du nutzen.

JOHANNA   Du gehst?
ER   Wir können ja nicht ewig hier sitzen.
JOHANNA   Ein Wunder?!

Sie brauchte nicht lange nachzudenken.

JOHANNA   Lass sie einmal nur Weltmeister werden.

Er steht auf, schließt Seine Jacke.

ER   Wen?
JOHANNA   Die Holländer.
ER   Das ist aber schwer.
JOHANNA   Wen frag ich denn!
ER   Bloß weil du mal in einen Holländer verknallt warst?

Sie nickt grinsend.

ER   Weißt du, was die andern sagen werden? Was sie immer sagen: Wie konnte Er das zulassen?

Er lacht, klappt Seinen Campingstuhl zusammen. Johanna stellt sich wieder an ihren Platz auf dem Bürgersteig, den Tanklastwagen vor sich. Ben im Auge, alle Sorgen sind augenblicklich wieder präsent.

JOHANNA   Wie soll das denn hier ausgehen? Wenn ich dir meinen Ben zu opfern bereit bin? Kann ich mich darauf verlassen, dass du dazwischen gehst?
ER   Du verstehst das falsch, diese Geschichte mit Abraham und seinem Sohn.
JOHANNA   Oder ich opfere mich für ihn!

ER Hör mir doch bitte einmal zu: Abraham glaubte damals, ich wolle ein Opfer! Weil das vorher immer so war: Opfer bringen, um die Gewalten des Himmels zu besänftigen. Ich habe schon damals, seit der Sache mit Abraham, meine Meinung geändert.
JOHANNA Du hast deine Meinung geändert?
ER Aber ja, warum nicht? Ich will schon lange keine Opfer mehr, ich brauche sie nicht. Ich muss nicht besänftigt werden.
JOHANNA Du willst das Opfer nicht?
ER Nein!
JOHANNA Und was war mit Jesus? Geopfert am Kreuz, gestorben für unsere Schuld?
ER Ich wiederhole mich: Ich nehme seit Abraham keine Opfer mehr an, sie machen nicht heil. Mir tut es leid, was meinem Sohn geschehen ist. Aber ich habe ihn nicht ans Messer geliefert, wer bin ich denn!
JOHANNA Was erzählst du denn da?
ER Du wirst deine Schuld nicht los, indem du sie einem anderen, einem Unschuldigen aufbürdest. Das widerspricht meinem Gefühl für Gerechtigkeit. Keine Opfer mehr, nie wieder. Liebe will ich, Johanna. Liebe!
JOHANNA Das ist ja ganz was Neues. Und wohin nun mit meiner Schuld?
ER Ganz einfach: Entschuldige dich, wenn's nötig wird.

Er geht auf sie zu und reicht ihr die Hand zum Abschied, hält sie fest, während Er weiterredet.

ER Ich bin dein letzter Gott. Ich laufe nicht mehr hinter dir her, als seist du ein Kind, das den Weg über die Straße nicht schafft. Du kannst gehen, Johanna.

Er legt ihr die Hand auf den Kopf.

ER Ich segne dich, aber ich behüte dich nicht mehr. Ich lasse mein Angesicht auf dir ruhen, aber du bist von nun an dir selber gnädig. Ich erhebe mein Angesicht von dir und lasse dich in Frieden.

Er setzt sich Seine Mütze auf, nimmt Seine Aktentasche unter den Arm, nickt ihr zu. Johanna geht auf Ihn zu und umarmt Ihn. Sie lösen sich voneinander, Er dreht sich um und geht.
Johanna schaut Ihm nach, solange Er noch in Sichtweite ist. Dann räumt sie die leere Flasche und die Gläser weg, bringt die Stühle zurück in das Geschäft. Stellt sich schließlich an den Platz an die Straße, an den Rand des Bürgersteigs, kurz vor den Tanklaster. Sie hebt den Fuß, macht sich bereit.

Epilog

Als Johanna die Augen öffnete, riss ein scharfer Luftzug an ihren Haaren. Dicht vor ihren Augen donnerte der Tankwagen vorbei, fast wäre sie von ihm mitgerissen worden. Ihr rechtes Bein hing in der Luft, Johannas Puls schlug noch wild im Hals vor Schreck, der Blick auf die Straße war frei. Sie setzte ihren Fuß zurück auf den Bürgersteig.

Ben war unversehrt. Er schaute wütend zu ihr zurück und riss seine Kopfhörer aus den Ohren.

»Was machst du hier«, schimpfte er, »bist du bescheuert?«

Sein frecher Ton machte ihr nichts aus, er war ein so wunderbar lebendiger Junge.

»Jetzt wärst du fast unter die Räder gekommen! Ich bin doch kein Kind mehr, lass mich endlich in Ruhe!«

Johanna stöhnte auf vor Erleichterung, sie konnte ihren Blick nicht von ihm lösen.

Ben musste glauben, sie habe immer noch nicht begriffen, deshalb brüllte er: »Hau ab, du kannst mich mal!«

»Du mich auch!«, rief sie fröhlich zurück und winkte ihm.

»Du mich auch!«

Dann drehte sich Johanna lachend um und schritt

entschieden davon, schwingend, tanzend. Ohne Schmerzen, kein Humpeln mehr. Der Tisch daheim würde noch gedeckt sein und der Kaffee warm. Ihr Mann kam heute früher heim, sie würde ihm erzählen vom Harmonium, das sie immer noch unter ihren Füßen spürte, die Lieder noch im Ohr.

Dank

Ich danke zuerst und vor allem meinen engen Freunden und meiner Familie für alle Gespräche, euren Rat, jede Ermunterung und jeden Widerspruch.

Ich danke Vera und Volker Soditt, in deren hübscher Schlosswohnung ich Teile des Buches in Ruhe schreiben konnte. Vorzüglich und freundlich beraten haben mich Anita Wilmes, Shiatsu-Praktikerin in Köln, Matthias Jasper vom IST Köln, Manuela Rossmar und Dirk Münch in Fragen zu Else als auch Manfred Huber von der Fa. Mechanische Musikinstrumente in Rüdesheim-Assmannshausen mit der einzig noch tätigen Singvogelproduktion in Deutschland.

Ich danke meiner Agentin Erika Stegmann für die großartige Unterstützung. Besonders aber habe ich meinem Lektor Thomas Tebbe zu danken. Er hat die Energie und Beschaffenheit eines erstklassigen Fußballtrainers; als Coach des FC Piper treibt er mich nicht bloß vom Spielfeldrand an, sondern läuft jede meiner Extrarunden schwitzend mit.

Folgende Bücher haben mir geholfen:
Die Bibel. Deutsche Ausgabe mit den Erläuterungen der Jerusalemer Bibel. Herder Verlag, Freiburg i. Br. 1968.
Die Bibel. Nach der Übersetzung Martin Luthers. Deutsche Bibelgesellschaft, Stuttgart 1999.
Anne de Vries: *Die Kinderbibel.* Friedrich Bahn Verlag, Konstanz 1958.
Gunnar Heinsohn: *Die Erschaffung der Götter. Das Opfer als Ursprung der Religion.* Rowohlt Verlag, Reinbek 1997.
David Johnson und Jeff Van Vonderen: *Geistlicher Missbrauch. Die zerstörende Kraft frommer Gewalt.* Projektion J Buch- und Musikverlag, Wiesbaden 1996.
Joachim Ringelnatz: *Zupf dir ein Wölkchen. Gedichte*, dtv, München 2005, S. 165, das auf S. 158 zitierte Gedicht *Antwort an einen Kollegen*.

Die Autorin ist zu erreichen unter:
www.claudiaschreiber.de

PIPER

Jodi Picoult
Die Wahrheit meines Vaters

Roman. Aus dem Amerikanischen von Ulrike Wasel und Klaus Timmermann. 544 Seiten. Gebunden

Eine kleine, harmlose Erinnerung läßt Delia Hopkins keine Ruhe: Es ist ein Zitronenbäumchen, das sie nicht mehr aus ihrem Kopf bekommt. Delia steht kurz vor ihrer Hochzeit mit Eric, liebt das Leben mit ihrer kleinen Tochter Sophie und kann trotz des frühen Todes ihrer Mutter auf eine unbeschwerte Kindheit zurückblicken. Seit sie jedoch die vergilbten Hochzeitsbilder ihrer Eltern gesehen hat, spuken Erinnerungen durch ihr Hirn, mit denen sie nichts anzufangen weiß. Bevor sie mit ihrem Vater Andrew, dem angesehenen Leiter eines Altenheims, darüber sprechen kann, steht die Polizei vor der Tür und offenbart ein schreckliches Geheimnis über ihn. Delias Welt zerfällt vor ihren Augen, denn sie ist nicht die, für die sie sich 32 Jahre gehalten hat …

01/1603/01/L